Phénomènes inexpliqués

HISTOIRES VÉRIDIQUES D'ICI

Phénomènes inexpliqués

HISTOIRES VÉRIDIQUES D'ICI

Adapté par
JANET LUNN

Texte français de Claudine Azoulay

Éditions
SCHOLASTIC

Catalogage avant publication de Bibliothèque et Archives Canada

Phénomènes inexpliqués / adaptation de Janet Lunn ;
collaborateurs, Kit Pearson ... [et al.] ;
texte français de Claudine Azoulay.

Traduction de: The unexplained.
Niveau d'intérêt selon l'âge: Pour les 7-12 ans.

ISBN 978-0-545-99315-9

1. Histoires de fantômes canadiennes-anglaises. I. Lunn, Janet, 1928-
II. Pearson, Kit, 1947- III. Azoulay, Claudine

PS8323.G5U4814 2008   jC813'.0873308   C2008-903231-4

Photo de la couverture : *Girl in fire ruins*
(jeune fille dans des ruines après un incendie),
neal and molly jansen/Alamy

Illustrations de l'intérieur : Colin Mayne

Édition publiée par les Éditions Scholastic,
604, rue King Ouest, Toronto (Ontario) M5V 1E1.

5 4 3 2 1   Imprimé au Canada   08 09 10 11 12

À la gentille dame qui hante ma maison,

qui qu'elle soit.

— J.L.

TABLE DES MATIÈRES

AVANT-PROPOS

Fantômes. Présences invisibles. Ombres persistantes dans l'obscurité. Qu'importe si les gens, aussi nombreux soient-ils, nous assurent que tout cela n'existe pas, nous savons que les ombres persistantes et les présences invisibles sont une réalité que nous ne pouvons nier. Quand j'avais trois ou quatre ans, ma sœur aînée m'avait récité ce poème :

Tout en montant l'escalier,
J'ai rencontré un homme qui n'était pas là,
Aujourd'hui non plus, il n'était pas là.
J'aimerais tant qu'il se soit volatilisé!

Ma sœur voulait me faire peur, mais d'une certaine manière, elle me rassurait. Je connaissais cet homme. Lui ou quelqu'un lui ressemblant beaucoup se cachait dans le noir, derrière la porte de ma garde-robe. Ce poème ne faisait que confirmer ce que je pressentais être la réalité. Je n'avais jamais vu l'homme, mais je savais qu'il était là. Je n'ai jamais vu de fantôme non plus et pourtant, j'habite maintenant dans une maison où il y en a un.

Ma maison est considérée comme ancienne en Ontario. La partie la plus vieille a été bâtie en 1820; la nouvelle, aux alentours de 1900. Beaucoup de gens y ont habité au fil des années. Ils y ont laissé leurs souvenirs, leurs sentiments, peut-être même leurs ombres. L'une d'elles est apparue à mon époux l'année de notre emménagement... une vieille dame sympathique, nous semble-t-il.

Nul ne sait précisément ce que sont les fantômes. Ils pourraient être des souvenirs, des croisements des temps, des hallucinations, des créatures étranges que nous ne faisons qu'entrevoir du coin de l'œil.

Cet ouvrage est rempli d'histoires et de poèmes sur les fantômes au Canada. Certains sont des fantômes que nous nous attendons à rencontrer, flous et sinistres, tandis que d'autres sont plus insolites, du genre que nous ne prendrions pas du tout pour des fantômes si nous devions examiner l'histoire avec du recul. J'espère que vous aurez autant de plaisir à lire ces histoires que j'en ai eu à les recueillir.

L'ÎLE HANTÉE

L'ÎLE HANTÉE

Joyce Barkhouse

Au large des côtes de la Nouvelle-Écosse se trouve l'île de Sable, le cimetière de l'Atlantique. Sur cette étendue de terre aride, située en pleine mer, aucun arbre ne pousse. Des chevaux sauvages s'abritent derrière des dunes immenses, s'alimentent de roseaux des sables – une herbe très nourrissante – et s'abreuvent dans un petit lac situé à l'intérieur des terres. Des troupeaux de phoques se prélassent sur les plages tout l'été. Les animaux cohabitent en toute quiétude sur l'île et pourtant, on raconte à son sujet des récits à donner la chair de poule. Des récits sur la violence de la mer bien entendu, mais aussi sur celle des hommes et sur les âmes errantes qui hantent ces rivages déserts.

L'île de Sable n'est pas un lieu paisible. Même par temps

calme, on entend continuellement les vagues qui se brisent et, quand le ciel se noircit et qu'un orage subit se lève, le bruit est terrifiant. Parfois, au-dessus du tumulte, des voix se font entendre.

Celle d'un homme, dit-on, se lamente et gémit en français. Elle se plaint du roi qui avait envoyé son épouse en exil sur l'île de Sable. Affligé, l'âme en peine, il aurait suivi son épouse afin de partager son exil, mais quand il est arrivé sur l'île, sa femme était morte. Peu de temps après, il est mort de chagrin. Puis, sans relâche, son fantôme a maudit le roi qui lui avait causé ce tourment. On parle aussi de l'assassin d'un roi portugais. Le meurtrier n'a échappé à son châtiment que pour finir ses jours dans la misère, sur l'île de Sable. Son fantôme porte un chapeau à large bord et chante des psaumes en portugais, d'une voix nasillarde et lugubre. Mais le fantôme de l'île de Sable le plus célèbre, et probablement le plus triste de tous, est celui d'Annie Copeland, qui est décédée il y a plus de deux cents ans.

C'est en 1800 qu'un homme a vu ce fantôme pour la première fois. Il s'agissait d'un homme dénommé Torrens, un capitaine de l'armée britannique basé à Halifax. Il avait reçu l'ordre du duc de Kent, lui aussi basé à Halifax, de naviguer à destination de l'île de Sable afin d'enquêter sur les circonstances du naufrage du navire *The Francis*.

En décembre de l'année précédente, *The Francis*, parti de Londres, en Angleterre, à destination d'Halifax, avec à son bord le précieux équipage du duc, s'était échoué sur le rivage poussé par un ouragan. Il n'y avait eu aucun survivant. Par la suite, toutefois, on a retrouvé des bijoux et d'autres objets précieux dans les maisons des pêcheurs néo-écossais. Certains ont dit que ces objets provenaient de l'île de Sable. Ils ont fait courir des histoires de pirates cruels et de meurtres et ont prétendu que les passagers du *Francis* ne s'étaient pas tous noyés. Certains avaient réussi à atteindre le rivage, disait-on, et on les aurait impitoyablement tués pour leur dérober leurs biens.

Accompagné de son chien Whiskey, le capitaine Torrens mit le cap sur l'île de Sable à bord du brick *Hariot*, bien décidé à trouver tout pirate qui y rôderait et toute preuve d'acte criminel. Il avait des amis sur *The Francis*, un médecin et une femme appelée Mme Copeland, et il voulait s'assurer, personnellement, que ces personnes n'avaient pas subi le sort que tant de gens craignaient.

Mais voilà que le *Hariot* s'échoua à son tour sur l'île de Sable et qu'une grande partie de son équipage périt noyée. Torrens lui-même faillit perdre la vie en essayant de sauver quelques personnes. Les survivants réussirent à récupérer suffisamment de nourriture pour subsister pendant quelques semaines. Puis ils s'acquittèrent de la triste tâche d'enterrer leurs compagnons. Fort déprimé, Torrens laissa les autres à leur occupation funeste et partit avec son chien explorer l'extrémité est de l'île.

Il s'aventura trop loin et la nuit tomba plus tôt qu'il ne l'avait prévu. Heureusement, il trouva une cabane rudimentaire, à proximité du lac de l'île. À l'intérieur, il y avait un foyer et un tas de bois flotté. Ne remarquant aucun signe d'occupation récente, il fit un feu, mangea le fromage qu'il avait dans la poche et se pelotonna dans un coin sur un lit d'herbe. Malgré le bruit retentissant des vagues sur la plage et le hurlement du vent, il s'endormit sur-le-champ.

Il fut réveillé en sursaut par le grognement sourd de son chien. L'homme se redressa. Assise devant les braises de son feu, il y avait une jeune femme. Ses longs cheveux lourds et mouillés pendaient sur ses épaules et son corps, mais son

3

visage était découvert. Elle ne portait qu'une robe blanche, sale et aussi mouillée que ses cheveux.

– Mon Dieu, madame! D'où venez-vous? s'exclama Torrens.

Elle ne répondit pas. Elle se contenta de lever la main gauche. Le capitaine vit qu'un des doigts de la jeune femme avait été coupé et que du sang en coulait.

Il se leva brusquement. Il regarda désespérément autour de lui à la recherche de quelque chose qui pourrait servir de pansement. À ce moment précis, l'air devint glacé et d'un seul mouvement, la femme se leva, passa près de lui et sortit.

Pendant un instant, le capitaine se contenta de la fixer, puis il courut après elle. Mais elle était aussi rapide que le vent. En cette nuit de pleine lune, horrifié, il vit la femme plonger tête première dans le lac. Le chien la poursuivit en gémissant et en aboyant. Quelques instants plus tard, le capitaine atteignit le bord de l'eau, mais il n'y avait même pas une seule ondulation pouvant indiquer où la femme avait disparu.

« Je dois être fou. La vue de tous ces cadavres ce matin a dû me déranger l'esprit », songea-t-il.

D'un pas lent, il retourna à la cabane, son chien Whiskey trottant à côté de lui. Lorsqu'ils arrivèrent à la porte, le chien s'arrêta. Il se mit à grogner et refusa d'entrer. Torrens vit les poils du chien se hérisser sur son dos. L'homme jeta un coup d'œil à l'intérieur de la cabane et lui-même sentit ses cheveux se dresser sur sa nuque.

La jeune femme était assise près du feu. Craintivement, le capitaine pénétra dans la cabane. Il s'approcha de la jeune femme avec prudence et, quand il arriva près d'elle, elle se retourna et leva sa main mutilée. Cette fois-ci, il vit le visage de la jeune femme. Celui-ci était blanc comme un linge, mais il le reconnut.

4

– Ça alors! Annie Copeland, c'est vous! s'écria-t-il.

Elle pencha la tête, en gardant toujours levé le bout de son doigt ensanglanté. Soudain, Torrens comprit ce qui se passait. Il se souvint de la superbe bague qu'Annie Copeland portait toujours et qu'elle chérissait tant. Il s'agissait d'un modèle original, serti de rubis et de diamants. Ses amies d'Halifax admiraient beaucoup ce bijou.

– Je sais ce que vous essayez de me dire. On vous a assassinée pour vous voler votre bague, murmura-t-il.

Elle se leva et, encore une fois, passa près de lui et sortit. Cette fois-ci, il sut qu'il était inutile de la suivre. Il s'allongea sur son lit d'herbe, mais fut incapable de s'endormir. Il jura que, une fois retourné sur le continent, il traduirait l'assassin d'Annie Copeland en justice.

On ne trouva aucun pirate sur l'île. En fait, on ne trouva même aucun indice témoignant de la présence de pirates en ce lieu. Toutefois, après que les survivants du navire naufragé *Hariot* furent secourus, on accorda un congé à Torrens pour lui permettre de découvrir davantage d'information sur la bague d'Annie Copeland.

Il apprit donc qu'un homme de Barrington, sur la rive sud, vendait dans son village des produits luxueux et peu courants. Les hommes du coin portaient des calots et des manteaux rouges de militaires; les femmes découpaient des habits élégants pour en faire des courtepointes.

Comme ces pêcheurs pauvres et isolés étaient contents d'obtenir quoi que ce soit susceptible de les aider à subsister, ils posaient peu de questions.

Le capitaine Torrens se rendit à Barrington, sous le prétexte d'un voyage de chasse et de pêche. Une famille accepta de l'héberger. Après avoir sympathisé avec celle-ci, il commença à lui poser des questions. Et de fait, ces gens avaient entendu parler d'un pêcheur de Salmon River qui avait pris possession d'une magnifique bague sertie de pierres précieuses.

Torrens se rendit aussitôt à Salmon River, mais l'homme en question était parti en mer. Il trouva néanmoins son épouse, une femme sympathique. Celle-ci indiqua à Torrens où attacher son cheval et l'invita à prendre le thé.

Trois des filles de cette femme cousaient près du feu. Un bébé jouait par terre. Les filles regardèrent Torrens d'un air timide, mais le bébé s'approcha tout de suite de lui et posa sa main sur le genou du capitaine. L'homme retira sa chevalière de son doigt, prétendant amuser l'enfant, et la montra aux autres.

– Je tiens beaucoup à cette bague, leur dit-il. Elle est très utile. Quand j'écris une lettre, je presse ma bague sur la cire à cacheter. La cire porte alors l'empreinte des armoiries de ma famille.

Comme il l'avait espéré, une des filles tendit la main pour prendre la bague. Elle l'examina longuement.

– Elle est jolie, dit-elle, mais elle n'est pas aussi belle que celle que papa a rapportée de l'île de Sable. Elle brillait avec tous ses diamants et...

– Tu dis n'importe quoi! l'interrompit sa mère, l'air fâché. C'était une babiole sans valeur, qu'il avait ramassée sur la plage là-bas.

– Ah... oui... je... balbutia la fille.

Le capitaine remit sa bague à son doigt.

– J'aimerais voir votre bague. Si elle est aussi belle que le dit votre fille, je pourrais peut-être acheter cette babiole pour l'offrir à ma femme.

– Oh, on ne l'a plus, dit une des filles. Papa l'a apportée

chez un horloger à Halifax pour la vendre.

Torrens but son thé, les remercia de leur hospitalité et se rendit aussitôt à Halifax.

Il n'y avait pas beaucoup d'horlogers à Halifax en 1800. Il n'eut donc aucune difficulté à trouver la bague de Salmon River. Il n'eut aucune difficulté non plus à la reconnaître. C'était bel et bien la bague d'Annie Copeland. Quand l'horloger entendit l'histoire, il fut fort content de se débarrasser de ce bien volé. Il ne voulait surtout pas avoir des ennuis avec la justice.

Le capitaine Torrens envoya la bague à la famille d'Annie Copeland, en Angleterre. Toutefois, pour des raisons connues de lui seul, il n'engagea pas de poursuites contre le pêcheur de Salmon River. Il eut sans doute pitié de cette famille qui travaillait si dur pour vivoter. Bref, le criminel ne fut jamais traduit en justice.

En revanche, l'histoire du fantôme d'Annie Copeland fit le tour de la Nouvelle-Écosse et les habitants de Salmon River commencèrent à éviter le pirate. Celui-ci vécut dans la crainte pour le reste de ses jours, redoutant même de franchir le seuil de sa demeure une fois la nuit tombée.

L'histoire arriva finalement aux oreilles de sir John Wentworth, le gouverneur de la colonie. Il avait entendu d'autres histoires épouvantables sur les pirates de l'île de Sable. Il écrivit aux autorités en Angleterre, leur parlant « des personnes insensibles qui avaient choisi de passer l'hiver là-bas » et de celles « dont la vie avait été enlevée par des êtres plus impitoyables que les vagues ».

En 1801, le gouvernement britannique vota une loi assurant l'élimination des pirates sur l'île de Sable. On y construisit des postes de sauvetage et des hommes à cheval patrouillèrent régulièrement sur les rivages. À l'époque moderne, les radars ont rendu ces patrouilleurs inutiles.

On raconte que durant ces longues années de solitude, plus d'un patrouilleur a entendu des voix de fantômes et a vu la dame livide au doigt manquant passer furtivement devant lui, dans la brume et les tourbillons de sable, puis disparaître dans les eaux du lac sans causer la moindre ondulation.

LE SECRET DE MLLE KIRKPATRICK

LE SECRET DE MLLE KIRKPATRICK

Kit Pearson

Abbie était plantée devant la vieille maison délabrée, en compagnie de ses deux frères aînés. Malgré la matinée ensoleillée, des rideaux sombres étaient tirés à toutes les fenêtres et celles-ci semblaient la regarder fixement sans la voir. Un froissement se fit entendre dans les feuilles qui n'avaient pas été ratissées, derrière la clôture.

– Ouououh! gémit Michael à l'oreille de sa sœur.

– Ça donne vraiment la chair de poule, chuchota à son tour Kyle. Je crois que cette maison est hantée... Qu'en penses-tu, Abbie?

– Arrêtez, répondit Abbie d'une voix tremblante.

Ses frères essayaient toujours de lui faire peur et elle s'en voulait à chaque fois de tomber dans le panneau. Elle prit une profonde inspiration et ajouta d'une voix forte, pour se convaincre :

– C'est juste des oiseaux sur le gazon. Et les fantômes, ça n'existe pas.

D'aussi loin qu'Abbie pouvait se souvenir, une seule personne avait habité cette maison : la vieille Mlle Kirkpatrick. Celle-ci sortait rarement et ne laissait entrer personne chez elle.

– Je vous parie que c'est une sorcière! dit Kyle.

– Ouais, une sorcière qui *mange* les petites filles de neuf ans, blagua Michael et il ajouta en titubant vers Abbie : Viens par ici, mon succulent repas...

Abbie lança un cri et s'enfuit chez elle en courant. Ses frères furent grondés pour l'avoir taquinée mais, comme d'habitude, ils ont continué à lui faire peur.

– Ce serait bien si tu pouvais apprendre à être plus courageuse, Abbie, soupira sa mère en l'enlaçant. Pourquoi as-tu si peur de tout?

– Je ne sais pas, murmura Abbie, c'est plus fort que moi.

Au cinéma, il fallait parfois la faire sortir alors que des enfants plus jeunes qu'elle restaient assis tranquillement. Chaque soir, pour se coucher, elle sautait sur son lit afin d'éviter toutes les créatures horribles qui, elle en était certaine, vivaient dessous.

Au mois de mars, Mlle Kirkpatrick mourut. Ces voisins ne l'ayant pas vue depuis plusieurs jours, ils défoncèrent sa porte et trouvèrent le corps de la vieille femme dans son lit. Le journal d'Edmonton affirma qu'elle avait quatre-vingt-treize ans et qu'elle avait vécu toute sa vie dans cette maison. Et voilà que cette maison restait vide, nichée au fond de sa longue cour.

Le premier jour des vacances de Pâques, Abbie alla promener Bacon, le chien de la famille. Le printemps était arrivé. De l'eau boueuse ruisselait le long du trottoir, chargée de brindilles, de feuilles et d'une mitaine perdue. Les pieds d'Abbie semblaient légers sans bottes et le soleil réchauffait ses cheveux. Michael et Kyle étaient partis skier avec leurs amis. Alors, pendant une semaine entière, Abbie allait pouvoir choisir ses émissions de télévision et répéter ses pas de ballet sans qu'on se moque d'elle.

Elle parcourut trois pâtés de maison. D'un côté de la rue étaient alignés de coquets bungalows et de l'autre se trouvait la rivière. Elle s'arrêta devant la maison de Mlle Kirkpatrick. Deux pancartes plantées dans la cour indiquaient « Vendu » et « Entrée interdite ». Les fenêtres, désormais sans rideaux, étaient devenues des yeux grands ouverts, qui lui lançaient des regards mauvais.

Quelqu'un est mort ici... À cette pensée, Abbie frissonna et s'apprêta à repartir, mais Bacon refusa de la suivre. Il s'approcha de la grille, redressa la tête et se mit à gémir. Il ouvrit ensuite la porte avec son museau et pénétra dans la cour.

– Bacon! lui cria Annie.

Mais le chien avait déjà disparu derrière la maison. Elle regarda de chaque côté de la rue en mâchouillant le bout de sa tresse. Personne ne pouvait la voir entrer.

Le cœur battant, elle ouvrit la grille et se rendit à l'arrière de la maison en marchant d'un pas lourd sur un tapis de feuilles à moitié pourries. La cour n'était qu'une jungle de lilas, de pins et de cormiers. Et pas de Bacon en vue.

Abbie appela le chien dans l'allée, puis elle retourna dans la cour. À côté de la porte arrière de la maison, elle aperçut une autre petite porte. Celle-ci était grande ouverte. Elle savait ce que c'était : une boîte à lait. Sa maison en possédait également une, mais elle était condamnée. On s'en servait il y a longtemps quand on livrait le lait à domicile à Edmonton.

La brise fit grincer la petite porte. Abbie voulait absolument partir, mais il lui fallait retrouver Bacon. Le cœur toujours battant, elle se força à aller jusqu'à la porte de la boîte à lait et à jeter un coup d'œil à l'intérieur. Une autre petite porte donnait dans la maison et Abbie aperçut le plancher en linoléum d'une cuisine. Les griffes de Bacon cliquetaient à l'autre bout de la pièce.

– Bacon! Reviens! supplia-t-elle, mais le chien l'ignora.

Elle retint un sanglot. Qu'arrivait-il à son chien? Lui d'ordinaire si obéissant. Qu'est-ce qui avait bien pu l'inciter à sauter et à s'engouffrer dans la porte de la boîte à lait?

Abbie devait lutter contre sa frayeur. Il fallait qu'elle aille chercher Bacon, mais comment allait-elle pouvoir entrer dans cette maison qui lui avait toujours fait tellement peur? Et si quelqu'un la surprenait?

Ne sois pas aussi peureuse, se dit-elle. *Vas-y!* Elle serra les poings et s'efforça de ne plus trembler. Et brusquement, sans même avoir eu le temps d'y réfléchir, elle se hissa et rampa à l'intérieur de la boîte à lait. Il restait même de l'espace, car elle n'était pas beaucoup plus grande que Bacon et était beaucoup plus mince que lui.

Elle se retrouva dans une cuisine sombre. Au fond de la pièce se trouvait une énorme cuisinière en fonte noire. Dans un coin, il y avait un tout petit réfrigérateur dont la porte était ouverte. Sur le mur était accroché un calendrier datant de quarante ans.

À son grand étonnement, Abbie n'avait plus aussi peur qu'avant. Son cœur battait encore la chamade, mais elle se sentait la bienvenue, comme si la maison était contente d'accueillir un visiteur.

Bacon était occupé à flairer le plancher. En voyant Abbie, il lança un aboiement inquiet et fit signe à sa maîtresse de le suivre vers la boîte à lait. Mais Abbie referma la petite porte en murmurant à son chien de se taire. Elle essuya ses mains moites sur son jean et regarda par la porte de la cuisine vers les autres pièces de la maison. Personne ne savait qu'elle était ici; si elle était prudente, elle pourrait visiter la maison.

Elle fit le tour des pièces vides en se déplaçant à quatre pattes pour ne pas être vue de la rue. Le soleil qui entrait par les fenêtres sales éclairait les amas de poussière et les toiles d'araignée accumulés sur le sol crasseux. *Si seulement Michael et Kyle pouvaient me voir maintenant,* se dit Abbie. *Je parie qu'ils auraient peur, eux!* Elle était surprise de ne pas avoir peur. Elle avait l'impression que quelqu'un lui faisait faire le tour du propriétaire, la guidant d'une pièce à l'autre.

Bacon l'accompagna alors qu'elle montait les escaliers en rampant. Il lui lécha le visage et lui tapota anxieusement l'épaule avec sa patte. Abbie le repoussa en lui ordonnant de la laisser tranquille. Bacon lui lança un regard blessé et s'en alla furtivement.

De plus en plus excitée, Abbie explora le deuxième étage. Elle y découvrit trois grandes chambres et une salle de bains spacieuse, dotée d'une baignoire suffisamment grande pour qu'on puisse y flotter. Elle aurait voulu s'arrêter là et s'allonger dans la baignoire, mais elle se sentit attirée comme par un aimant vers la dernière chambre, située sur le devant de la maison. La pièce donnait sur la rivière et était tapissée de papier peint à petites fleurs roses.

Abbie se tourna vers le côté ouest de la chambre.

– Ce serait le meilleur emplacement pour un lit, car en se

réveillant, on pourrait voir la rivière, dit-elle.

Elle s'assit à cet endroit, adossée au mur, et contempla le point d'eau, au-dessous du rideau d'arbres.

– C'était la chambre de Mlle Kirkpatrick, décréta Abbie. C'est ici que se trouvait son lit et c'est ici qu'elle est morte.

Une fois de plus, elle fut surprise de ne pas avoir peur. Cette prise de conscience lui donna encore plus de courage. Elle commença à se demander comment était la vieille femme. Elle se rappela la frêle silhouette qu'elle avait vue parfois dans la cour. Mlle Kirpatrick portait toujours un tablier à bavette et des souliers noirs lacés qui paraissaient beaucoup trop grands pour ses jambes grêles. Ses cheveux blancs n'étaient jamais coiffés et son visage avait toujours une expression pleine d'amertume.

Et pourtant, le souvenir qu'Abbie avait d'elle était celui d'une femme seule et pas du tout effrayante. Ce n'était pas une sorcière, mais simplement une vieille femme triste, sans famille ni amis. Abbie ne savait pas comment elle avait connaissance de tout cela; c'était presque comme si on le lui chuchotait à l'esprit.

Elle allongea les jambes dans un rayon de soleil et s'installa confortablement. Elle n'aurait pas dû entrer dans une propriété privée, c'est évident, mais elle se dit que Mlle Kirkpatrick n'y aurait vu aucun inconvénient.

Bacon apparut sur le seuil de la pièce, les poils du dos entièrement hérissés de peur. Il fixa un endroit à côté d'Abbie et se mit à grogner. Abbie eut un rire nerveux.

– Ça va, Bacon! Y'a personne d'autre ici que moi!

Elle le fit coucher à côté d'elle. Bacon arrêta de grogner, mais il continua à trembler. Il reniflait l'air avec méfiance.

Soudain, Abbie se demanda quelle heure il pouvait être. Elle devait rentrer chez elle pour le dîner, mais elle n'avait pas envie de partir. C'était comme si la maison ne voulait pas qu'elle s'en aille. Puis elle se dit qu'elle pourrait y revenir tous les jours puisque c'étaient les vacances de Pâques. Pendant une semaine entière, cette maison pouvait être son secret.

Elle rampa en silence dans la boîte à lait, en poussant Bacon devant elle. Elle traversa la cour au pas de course, puis retourna tranquillement chez elle, comme si rien ne s'était passé et qu'elle était toujours la même personne timide qu'une heure plus tôt.

Pendant le reste de la semaine, Abbie entra tous les jours dans la maison. Les premiers matins, elle se rendit directement dans la chambre du haut. Elle s'asseyait toujours à la même place et regardait par la fenêtre en songeant à Mlle Kirkpatrick. Abbie n'avait aucune envie de changer de place; on aurait dit qu'elle était ensorcelée.

Elle essaya de s'imaginer la vieille femme alors qu'elle était enfant et qu'elle grandissait ici. Mlle Kirkpatrick avait-elle des frères elle aussi? Se sentait-elle alors aussi seule qu'elle l'était une fois devenue vieille? Abbie se souvenait de ce qu'avait dit sa mère à la mort de Mlle Kirkpatrick : « Quelle existence malheureuse... enfermée ainsi dans cette maison, toute seule. Quelle vie gâchée! »

D'habitude, la chambre de Mlle Kirkpatrick paraissait plus chaleureuse que les autres pièces de la maison, chaleureuse et accueillante. Cependant, parfois, Abbie percevait un profond chagrin autour d'elle, comme si la vieille femme avait beaucoup souffert entre ces murs.

Le troisième jour, tout changea. Quand Abbie pénétra dans la chambre de Mlle Kirkpatrick, elle fut prise d'un sentiment étrange d'agitation. Elle eut la certitude qu'elle devait faire quelque chose de spécial dans cette maison, qu'elle devait y trouver quelque chose.

Elle fut incapable de rester assise. Elle se mit à inspecter avec plus d'attention le reste de la maison, fouillant les placards et s'aventurant même jusque dans le sous-sol humide. Malgré ses mains et ses genoux sales et douloureux à force de marcher à quatre pattes, Abbie ne pouvait s'arrêter. C'était comme si quelqu'un lui ordonnait de chercher quelque chose. Elle savait que cette maison renfermait un secret, le secret de Mlle Kirkpatrick. Cet après-midi-là, Abbie rentra chez elle au bord des larmes parce qu'elle n'avait pas découvert ce secret.

La même nuit, elle se mit à faire des rêves perturbants. Elle cherchait et cherchait sans cesse quelque chose d'important, tandis qu'une voix bourrue et désespérée lui ordonnait : « Aide-moi à le *trouver*. Aide-moi à me souvenir où je l'ai mis... »

Le lendemain, Abbie passa plusieurs heures dans la maison. Elle répéta la fouille de la veille, en vain. À quelques reprises, elle pensa avoir entendu une voix murmurer à son oreille, mais elle fut incapable de saisir les paroles. À un moment donné, elle sentit quelque chose, comme le tissu d'une manche, lui effleurer le bras.

– Est-ce... qu'il y a quelqu'un? murmura Abbie.

Le silence régnait dans la pièce.

Il n'y a personne d'autre que moi, se dit-elle, mais sa voix tremblait de peur.

Si seulement la maison avait été aussi tranquille que la première fois où elle y était venue! Elle aurait voulu s'enfuir, mais elle en était incapable; pas question tant qu'elle n'aurait pas découvert le secret de Mlle Kirkpatrick.

Elle sortit de la maison, abasourdie et aveuglée par la lumière du printemps. Une fois chez elle, elle était tellement silencieuse et avait l'air si préoccupée que sa mère lui demanda si elle était malade.

Nuit après nuit, elle entendit la même voix suppliante dans son sommeil. Chaque jour, elle fouilla la maison en vain, percevant parfois un faible murmure ou un froissement. Elle avait l'impression que quelqu'un la suivait, l'obligeait à chercher et ne la laissait pas tranquille.

Le matin du sixième jour, en arrivant à la maison, Abbie vit trois personnes dans la cour arrière : un couple et un homme en vêtements de travail.

– Il faudra refaire le toit, disait l'ouvrier. Et il faudra couper un grand nombre de ces arbustes.

Abbie se faufila dans l'allée arrière et fit semblant de lacer son soulier. Elle écouta l'homme énumérer tous les travaux à faire sur la maison.

– On commencera demain, dit-il aux deux autres personnes.

Les jambes tremblantes, Abbie marcha jusque chez elle. Elle passa le reste de la journée à regarder la télévision. De retour de Jasper, Michael et Kyle se vantèrent de leurs exploits en ski. Bacon apporta sa balle à Abbie pour jouer. Cependant, elle les ignora tous et s'efforça de ne pas pleurer.

Elle ne pourrait plus retourner dans la maison. Jamais elle ne découvrirait ce que Mlle Kirkpatrick désirait tant qu'elle trouvât. Elle avait fait de son mieux, n'est-ce pas? Et pourtant, elle se sentait obligée de poursuivre sa recherche. La confusion lui martelait la tête. Ce soir-là, elle n'arriva pas à manger son souper et sa mère l'envoya au lit plus tôt, mais Abbie ne trouva pas le sommeil. Elle se tourna et se retourna sous ses couvertures et tout d'un coup, elle sut ce qu'elle devait faire. Il fallait qu'elle retourne dans la maison *cette nuit même*.

Elle s'efforça de rester éveillée jusqu'à ce que tout le monde soit couché, mais malgré elle, elle sombra dans un sommeil léger et perturbé.

– Aide-moi à le trouver, le trouver, le trouver... suppliait la voix familière.

– Trouver *quoi*? demanda Abbie, d'un ton désespéré, et elle se réveilla.

Elle se rappela où elle devait aller.

– J'ai trop peur, murmura-t-elle, mais elle continuait à entendre la voix tragique de son rêve.

En vitesse, elle enfila son jean et son chandail le plus foncé. Elle marcha sur la pointe des pieds jusqu'à la chambre de ses parents : aucun bruit. De son panier dans le couloir, Bacon la regarda tout endormi, mais Abbie lui fit signe de ne pas faire de bruit. Il voulut la suivre, mais Abbie le renvoya du revers de la main.

Dans la nuit noire, froide et venteuse, Abbie remonta le capuchon de son chandail et courut en direction de la maison de Mlle Kirkpatrick, comme si elle fuyait sa propre peur alors qu'elle ne pouvait pas y échapper. Terrorisée, elle se faufila dans la boîte à lait.

La nuit, la maison n'avait pas l'air accueillante. Des ombres dansaient sur les planchers nus, la branche d'un arbre frôlait la fenêtre et Abbie se cogna contre une table basse, sans doute laissée là par les ouvriers.

– Trouve-le, trouve-le, scandait la voix de la vieille femme dans la tête d'Abbie.

Une fois de plus, elle fouilla désespérément toute la maison. Un bocal en verre vide tomba d'une étagère et se brisa sur le plancher du sous-sol. À l'étage, une porte s'ouvrit et se referma en claquant. Une fois arrivée à la chambre du haut, Abbie eut tellement peur qu'elle faillit vomir.

Dans la chambre, elle traversa une zone d'air glacé. Une main invisible lui saisit un instant le poignet, puis le relâcha.

Abbie se laissa tomber exactement à l'endroit où elle s'asseyait les premiers jours.

– Je n'arrive pas à le trouver, sanglota-t-elle. Je suis dé...solée, mais je n'arrive pas...

Elle se sentait accablée par le chagrin, un chagrin ressenti par quelqu'un se trouvant près d'elle dans la pièce.

Au bout de quelques minutes, Abbie releva son visage mouillé et regarda par la fenêtre. La situation était désespérée : elle ne le trouverait pas et elle ne pourrait plus revenir. Le secret de Mlle Kirkpatrick serait perdu à tout jamais.

Soudain, le vent chassa les nuages et le clair de lune entra dans la pièce, dessinant un faisceau de lumière sur le plancher. Les yeux d'Abbie suivirent le faisceau de lumière jusqu'à la garde-robe ouverte, où elle remarqua une fissure sur l'un des murs. Il y avait un panneau à cet endroit. Elle repoussa ses cheveux en arrière, se leva et se rendit dans la garde-robe en trébuchant.

Elle gratta la fissure avec ses ongles. Le panneau était collé, mais il se détacha facilement, comme si quelqu'un aidait Abbie à l'arracher. Elle glissa sa main dans l'espace derrière le panneau, palpa différents endroits, puis eut un mouvement de recul. Sa main était couverte de poussière duveteuse et humide. Quelle chose horrible y avait-il là?

– *Trouve-le!* dit quelqu'un à voix haute.

Abbie se força à passer de nouveau sa main dans le panneau et à palper le creux dans le mur. Sa main toucha un long rouleau. Elle le sortit et s'approcha de la fenêtre. Le corps tremblant, elle s'assit pour examiner sa découverte au clair de lune.

Il s'agissait de feuilles de papier enroulées, nouées avec un ruban vert effiloché. Abbie souffla sur la poussière, déroula les papiers et resta bouche bée. Les pages étaient couvertes d'aquarelles et de dessins délicats représentant des tasses, des chaises, des aiguilles de pin, des baies de cormiers et des lilas. Chaque objet donnait l'impression qu'on pouvait le détacher de la page et le tenir dans sa main.

Dans la pénombre, Abbie scruta les images. L'une d'elles représentait les restes d'un sandwich sur une assiette à motifs bleus; chacune des miettes était dessinée avec soin au pinceau fin. Sur une autre, un bouquet de roses sauvages était placé dans un verre ébréché, l'eau à peine ébauchée par d'habiles coups de pinceau. Une troisième représentait la vue qu'on avait de la chambre du haut en hiver, les ombres bleutées de la neige contrastant avec l'étendue grise de la rivière gelée.

Le dernier dessin représentait un visage. Abbie s'attarda sur celui-ci. Une femme jeune au visage mince et ordinaire la regardait avec une expression sérieuse et intense. En bas de la page figuraient une date du temps passé et une signature à l'encre brune délavée : Catherine Kirkpatrick.

Catherine. C'était donc son prénom. Un souffle d'air tiède vint caresser Abbie et elle sut que Catherine était contente qu'elle ait trouvé son secret.

Elle ne pourrait plus jamais revenir dans la maison de Catherine, mais elle détenait maintenant ces merveilleux dessins. Elle pouvait donc les ramener chez elle et les regarder à sa guise. Elle posséderait une partie de Catherine pour la vie.

Pourtant, alors qu'elle enroulait les papiers, la pièce redevint froide. Pendant qu'elle redescendait l'escalier, un souffle puissant lui pressa la poitrine. À l'entrée de la cuisine, elle trébucha et quand elle se pencha pour ouvrir la porte de la boîte à lait, la voix bourrue et familière lui ordonna :

– Laisse-les!

Abbie tourna et retourna le rouleau de dessins dans ses mains.

– Bon, d'accord, soupira-t-elle. Je comprends.

À contrecœur, elle déposa les dessins sur la table des ouvriers. Elle craignait que ceux-ci ne se contentent de les jeter aux ordures. Mais comme elle se retournait pour partir, de l'air chaud l'enveloppa de nouveau et elle sut alors que c'était ce que Catherine voulait.

Abbie rampa dans la boîte à lait et courut jusque chez elle. Sans faire de bruit, elle entra dans la maison, monta dans sa chambre, se coucha et sombra dans un sommeil sans rêves.

– Vous êtes au courant de ce qu'on a trouvé dans la maison Kirkpatrick? demanda le père d'Abbie au souper, quelques jours plus tard. Un tas de peintures et de dessins faits par la vieille dame. Il semblerait qu'ils soient incroyablement bons. Ils vont être encadrés et exposés à la galerie d'art. Les nouveaux propriétaires de la maison lui en ont généreusement fait don.

– Comme ça, Mlle Kirkpatrick était, secrètement, une artiste! s'exclama la mère d'Abbie. Quelle surprise!

– Ce qui est plus surprenant encore, c'est qu'on n'ait pas trouvé les dessins plus tôt, pendant qu'on déménageait les meubles, dit le père d'Abbie. Apparemment, ils seraient apparus soudainement, comme si quelqu'un les avait déposés là.

– Eh bien... ça fait peur, hein, Abbie? blagua Kyle.

Il fut surpris de voir sa sœur se contenter de lui sourire. Abbie avait toutefois une dernière chose à découvrir.

À l'automne, la vieille maison était devenue la fierté du quartier. Les nouveaux propriétaires avaient repeint les volets en bleu et la porte en rouge vif. Ils avaient tondu le gazon et taillé les arbustes envahissants. Un beau soir, ils invitèrent les parents d'Abbie à prendre le café. Abbie les supplia de l'emmener avec eux.

Dans la maison de Mlle Kirkpatrick, pendant que les deux couples bavardaient, Abbie observa intensément la peinture éclatante et le mobilier confortable.

– Est-ce que je peux aller à la toilette? demanda-t-elle.

Elle ne mentionna pas qu'elle savait déjà où celle-ci se trouvait. Elle monta l'escalier, le cœur battant, et se dirigea directement vers la chambre de Catherine. Les nouveaux propriétaires y avaient placé leur lit au même endroit, du côté ouest de la pièce, avec la vue sur la rivière.

Abbie resta longtemps dans la pièce. Elle ne ressentit rien. L'air n'était plus chargé de solitude ni de chagrin. Catherine était partie.

LE TOIT
DE WEBSTER

LE TOIT DE WEBSTER

Janet Lunn

Chère Hilary,

Je sais que c'est seulement la deuxième fois que je t'écris et notre enseignante nous a dit de ne pas raconter toute notre vie à notre correspondante dans les deux premières lettres, mais il faut absolument que je te raconte quelque chose, sinon je vais exploser. Tout le monde dit qu'il y a beaucoup de fantômes et de trucs comme ça en Angleterre, alors j'espère que tu ne riras pas de moi ou que tu ne me prendras pas pour une folle.

Voilà, cela s'est passé la fin de semaine dernière, quand ma mère a eu sa crise habituelle de « transplantation printanière ». Chaque année, elle réaménage l'arrière-cour au grand complet. Elle modifie toutes les plates-bandes et déplace même des arbustes.

On était donc dans le jardin, qui mesure à peine dix mètres carrés, et la générale Pershing était au commandement. (Notre nom de famille – Pershing – est le même que celui d'un général américain célèbre; alors, quand maman nous donne des ordres, comme au moment de la transplantation printanière, on l'appelle la générale Pershing.)

C'était une journée comme elle les aime : un beau soleil, presque pas de nuages et un ciel bleu vif. Le parfum des lilas embaumait l'air. Ce n'était pas du tout le genre de journée où il pourrait se produire des choses effrayantes.

La générale était sur le patio où se trouvaient des caissettes et des caissettes de fleurs. Elle portait son vieux et affreux chapeau de paille et son pantalon bouffant orange. Mon frère Michael (il a cinq ans) était dans un coin de la cour, occupé à construire des routes. Il vaut mieux que je te parle tout de suite des routes de Michael parce qu'elles jouent un rôle important dans cette histoire.

Michael construisait déjà des routes dans notre arrière-cour avant même de savoir marcher. Elles partent du grand saule de notre voisin et passent partout : dans des petites villes, par-dessus des collines, dans des tunnels, dans des feuilles de trèfle, comme de vraies autoroutes. Dans les villes, il a des feux de circulation fabriqués avec les petits carrés de peinture provenant d'une boîte de couleurs, et le long des autoroutes, il y a des poteaux électriques faits en bâtons de sucette glacée, reliés par des fils (des cordes de la guitare de papa recyclées).

Tu peux imaginer les querelles monstres causées par ces routes. L'année dernière, ma mère a tracé une ligne avec son déplantoir, là où devaient s'arrêter les routes. C'est une sorte de fossé et au-delà de ce fossé, Michael n'a pas le droit de construire quoi que ce soit, pas même un cul-de-sac.

On travaillait tous tellement fort que tout ce qu'on entendait, c'était les autos et les tondeuses du voisinage, le gazouillis des oiseaux dans le lilas et le saule, et nos déplantoirs grattant les pierres. La générale était en pleine action :

– Katie, apporte-moi cette caissette de lavande et ne marche pas sur ma bougainvillée.

David (c'est mon père), il faudrait que tu viennes m'aider à creuser un trou pour ce nouveau cyprès. Je ne comprends pas pourquoi c'est si dur.

– Ne creuse pas là. C'est le toit de Webster.

Soudain, le silence s'est fait si lourd dans le jardin qu'on pouvait presque l'entendre. Je te jure que même les oiseaux se sont arrêtés de chanter. Michael était juste à côté de maman. Il a répété :

– Ne creuse pas là. C'est le toit de Webster.

La générale a posé sa pelle et a demandé :

– Michael, de quoi parles-tu?

– De Webster. Il habite ici, sous ce toit.

– C'est qui, Webster?

À voir comment maman a repoussé son chapeau en arrière, nul doute qu'elle commençait à s'impatienter.

– C'est juste Webster et il habite ici.

Michael s'impatientait lui aussi. La preuve, c'est qu'il faisait exactement la même chose avec son chapeau.

Maman lui a adressé son sourire d'enseignante. (Quand elle ne nous donne pas des ordres, maman en donne à des élèves de cinquième année à notre école.)

– Voyons, Mikey, personne n'habite sous notre arrière-cour. Les lutins, les elfes et les fées ne vivent qu'en Grande-Bretagne, en France ou dans d'autres pays situés de l'autre côté de l'océan. Ils n'habitent pas dans des arrière-cours de banlieue, ici, au Canada. Vraiment pas.

Michael n'avait pas l'air convaincu du tout, mais maman a eu une autre idée.

– Tu sais, Mikey, je crois que Webster appréciera que le nouvel et magnifique arbre pousse à partir de sa maison.

Elle essayait de lui faire plaisir, mais elle aurait dû savoir que ça ne marcherait pas.

– Il détestera ça. Ne creuse pas là.

Mon père est un pacifiste. D'un pas énergique, il est entré dans la zone de guerre, a saisi Michael, l'a juché sur ses épaules, l'a promené autour du jardin en chantant « Crème glacée, oh, gentille crème glacée » sur l'air d'*Alouette*. Michael a tenté de s'agripper à la grille du jardin, mais il était trop haut pour l'atteindre. Jusqu'à l'auto, il a continué de crier :

– Ne creuse pas le toit de Webster! Ne creuse pas le toit de Webster!

Bien entendu, maman a creusé ou plutôt, on a creusé, elle et moi. Il a fallu que je découpe un cercle bien régulier avec la pelle, puis la générale et moi, on a soulevé le gazon. On aurait dit un couvercle de marmite sans poignée sur le dessus. Soulever n'est pas le mot, car ce truc-là était tellement dur qu'on a dû pousser et tirer de toutes nos forces. Et franchement, ce qu'on a retiré de là avait une allure bizarre. C'était gris, noueux et collant avec plein d'écorces et de brindilles enchevêtrées. Après ce que Michael avait dit, une impression d'étrangeté m'a envahie.

Papa et Michael sont revenus avec la crème glacée avant qu'on ait fini de creuser le trou. Puis on a dîné.

Aussitôt le dîner terminé, on est retournés dans la cour. Mais là, le trou avait disparu. Le gazon avait repris sa place. Ma mère était fâchée.

– Michael, a-t-elle dit de sa voix basse et lente qui vous

donne la chair de poule.

Michael a sursauté. Il n'affichait pas vraiment un air coupable, mais il avait certainement l'air mal à l'aise.

– Je ne l'ai pas remis, a-t-il dit. C'est sans doute Webster. Je t'ai dit de ne pas creuser là.

Le visage de Michael était plus rouge que les géraniums que maman devait planter le long de la clôture et il avait la tête rentrée dans les épaules.

– Bon, tu enlèves ce gazon parce que je veux planter mon arbre là.

Michael n'a pas bougé.

– Allez, jeune homme.

La générale commençait à s'énerver.

– Non, je ne le ferai pas!

Michael ne l'a pas regardée, mais il n'a pas remué le petit doigt.

– Michael!

La voix de la générale était menaçante. Papa est arrivé du patio :

– Tu sais, Ginny (c'est le prénom de la générale), je me demande si c'est vraiment le meilleur endroit pour ton cyprès. D'ici deux ou trois ans, il risque d'étouffer le lilas. Les cyprès deviennent pas mal grands.

Maman a regardé papa. Elle a regardé l'arbre. Puis elle a regardé Michael. On voyait bien qu'elle n'avait pas envie d'abandonner la bataille. Elle a regardé encore l'arbre.

– Tu as parfaitement raison.

Elle a changé de côté, s'est placée près de papa, a jeté un coup d'œil au lilas puis au trou.

– Je crois qu'il serait mieux près du patio. Quand il aura poussé, il fera une ombre agréable dans la soirée. Mais ce n'est pas parce qu'on doit déplacer un arbre qu'on doit céder à

29

l'imagination d'un enfant. Je crois que je planterai une azalée dans ce trou. Bon, Michael, voudrais-tu, s'il te plaît, enlever ce rond de gazon?

Michael rougissait de plus en plus. Ses épaules dépassaient maintenant ses oreilles, mais il n'a pas cédé. Ma mère non plus. Et en tant que mère, elle avait le dessus. Elle a envoyé Michael dans sa chambre et m'a fait soulever le morceau de gazon et tout ce truc gris et noueux. Quand j'ai vu que c'était aussi difficile à enlever que la première fois, j'en ai vraiment eu des frissons.

On a tout enlevé. En dessous, c'était creux, comme si quelque chose y habitait bel et bien. J'étais contente d'aller à la pépinière acheter l'azalée. On n'est revenus au trou que le lendemain.

Maman avait fait promettre à Michael de ne pas s'approcher du trou de l'azalée. Quelqu'un l'avait pourtant fait. Le lendemain matin, le trou était de nouveau recouvert et cette fois-ci, on n'avait pas seulement replacé le gazon. Il n'y avait plus de trou du tout. On ne voyait même plus la ligne tracée par la pelle dans le gazon.

J'ai rejoint Michael et me suis assise à côté de lui.

– Comment as-tu fait pour que ce soit aussi parfait? lui ai-je demandé.

– Webster a démoli mon pont, a répondu Michael.

Il ne pleurait pas, mais il avait les yeux tristes. Un des petits ponts de plastique était renversé.

– Il a renversé tous les piliers. Tu vois les trous qu'il a faits dans le sol avec son bâton? Et moi, je n'ai même pas touché à son vieux toit.

Michael a continué à réparer le pont.

Quand maman est sortie et qu'elle a vu qu'il n'y avait plus de trou, elle s'est emportée. On peut dire qu'à ce moment-là, j'étais sur le point de croire qu'il existait un Webster. Enfin, comment Michael aurait-il pu replacer le gazon sans laisser des marques de pelle? Et qui avait fait tous ces petits trous autour du pont de Michael? La générale, elle, n'a pas réfléchi à la question. Elle était trop fâchée pour ça. Elle m'a fait creuser le trou une fois de plus et n'a même pas laissé Michael lui parler de son pont. Elle lui a dit, en agitant un doigt menaçant dans sa direction :

– Ne m'embête pas avec tes histoires de chien du voisin qui a démoli tes routes pour y cacher son os.

Quand enfin on a enlevé le gazon, empli le trou de terreau et transplanté l'azalée, j'étais bien contente d'en avoir fini. Pendant tout le temps que je travaillais, j'ai eu l'impression que quelqu'un m'observait. Et ce n'était pas Michael. Je le sais parce que de temps à autre, je levais la tête et il ne nous a jamais regardées. Il n'a pas refait de routes. Il est resté simplement assis là, comme s'il les gardait. Maman devait sans doute avoir une sensation bizarre elle aussi, car elle ne l'a plus réprimandé. Elle s'est contentée de dire :

– Je crois qu'on devrait finir la crème glacée d'hier. Allez, venez.

Cependant, Michael n'est pas rentré manger de la crème glacée. Une fois maman sortie de la cuisine, j'ai ajouté une boule de crème glacée dans mon cône et je l'ai apporté à Michael. Après ce qui était arrivé, je ne pouvais pas lui en vouloir de surveiller ses routes.

C'est quand même bizarre, non? En lisant tout ça, crois-tu qu'il pourrait y avoir quelque chose appelé Webster, qui habiterait dans notre arrière-cour à Scarborough, en Ontario, au Canada? Eh bien, crois-le ou non, l'histoire de Michael-maman-Webster ne s'arrête pas là. Papa a été obligé de porter Michael pour le faire entrer pour le souper. Michael a crié et hurlé qu'il voulait rester dehors toute la nuit. Michael ne crie jamais et hurle encore moins. De plus, il n'a pas voulu souper, ce qui n'est pas du tout dans ses habitudes. Puis, il est devenu tout tranquille, il ne s'est pas fâché et n'a pas rouspété; il est devenu simplement tranquille. Je me sentais mal pour lui.

Une fois Michael couché et mes parents redescendus au salon, je suis allée le voir. Il était debout devant la fenêtre et regardait l'arrière-cour. La lumière du patio était allumée et le reste de la cour était dans l'obscurité. On ne pouvait voir ni les routes ni l'azalée ni le lilas. On ne voyait que le nouveau cyprès et la petite ombre pointue qu'il formait et qui serait un jour si grande et si agréable.

– Veux-tu que j'aille surveiller tes routes? lui ai-je proposé.

J'étais sincèrement prête à rester dehors toute la nuit, pourvu que Michael n'ait plus cet air désespéré, comme si la fin du monde allait arriver d'ici au matin.

– Ça n'a pas d'importance, a-t-il répondu en donnant un coup de pied au mur sous la fenêtre. Elle ne laissera pas le toit de Webster en paix et il sera si fâché qu'il détruira toutes mes routes. C'est ce qu'il va faire, je le sais.

– Ne saura-t-il pas que ce n'est pas toi qui as creusé son toit?

– J'imagine que non.

Michael ne faisait aucun bruit. Des larmes ont commencé à rouler sur ses joues. J'étais incapable de supporter ça. Je l'ai enlacé, puis je suis descendue en cachette et je suis sortie par la porte arrière. J'aurais voulu enlever cette azalée, mais je n'aurais jamais osé faire ça! J'espérais un peu que Webster pointe le bout de son nez pour que je puisse lui dire que Michael n'y était pour rien. Puis j'ai eu tellement peur qu'il y ait vraiment un Webster que je suis rentrée à la maison en

32

courant et que je me suis couchée.

Le lendemain matin, Michael était blanc comme un linge et ne voulait pas manger son déjeuner. Avant que mes parents ne s'en prennent à lui, je suis sortie voir si ses routes étaient intactes.

Tu l'as deviné. Elles ne l'étaient pas. Tu n'as jamais vu un ravage pareil. On aurait dit que trois ouragans et quelques tornades avaient frappé ses routes. On ne pouvait presque plus les voir. Les poteaux électriques étaient tombés par terre, les fils brisés, les feux de circulation éparpillés partout. Les ponts et les tunnels étaient écrasés. On aurait dit que quelqu'un avait donné des coups de pied dans les routes et il y avait ces petits trous partout. J'étais tellement fâchée que j'ai crié :

– Webster, tu n'es qu'un voyou!

Puis je suis rentrée à la maison en courant et j'ai saisi maman par le bras avant même qu'elle ne prenne sa tasse de café.

– Viens avec moi, lui ai-je ordonné, et là, je me suis sentie comme la générale. Viens voir dehors.

Elle est venue.

– Regarde, lui ai-je dit. C'est une ville sinistrée et tout est de ta faute. Webster est tellement en colère à cause de son toit qu'il se venge sur Michael. Mais ce n'est pas la faute de Michael, c'est la tienne! Un peu de cœur!

Ma mère n'a pas dit un mot. Elle a regardé le ravage, puis son azalée. La plante était toujours là, mais un peu penchée sur le côté. Maman est restée bouche bée, les yeux écarquillés. Finalement, elle m'a demandé :

– Katie, que s'est-il passé d'après toi?

Alors, je lui ai dit. Je lui ai dit que d'après moi, il y avait vraiment un Webster – qui qu'il soit ou quoi qu'il soit – qui habitait là où avait dit Michael et qu'il – je parle de Webster – ne voulait pas qu'on touche à sa maison.

Ma mère est autoritaire, mais elle n'est pas méchante. Je ne crois pas qu'elle m'ait réellement crue à propos de Webster, mais elle a vu combien Michael se sentait mal à cause de ses routes et elle a vraiment été surprise que je crie après elle. (On ne crie pas après la générale Pershing.) Elle a regardé la zone sinistrée et a secoué la tête en signe d'incrédulité.

– Tu sais Michael, a-t-elle dit une fois de retour dans la cuisine et après avoir avalé plusieurs grosses gorgées de café. À notre retour de l'école cet après-midi, nous creuserons un autre trou pour l'azalée.

– D'accord, a dit Michael, et ça semblait lui convenir puisqu'il s'est mis à manger son déjeuner.

Mais l'histoire ne s'arrête pas là. L'après-midi, avant même d'avoir pris une tasse de thé, la générale et moi, on est allées dehors et on a creusé un nouveau trou pour l'azalée. C'était beaucoup plus facile de creuser. On a repris le terreau, on a replacé tout le truc dégoûtant dans le vieux trou et on a reposé le couvercle de gazon par-dessus.

Maman a tapoté l'emplacement avant de rentrer. Puis j'ai fait de même en demandant :

– Satisfait, Webster?

Avant d'aller me coucher ce soir-là, je suis retournée dehors. La pleine lune éclairait la cour. Le lilas, le grand saule et le nouveau petit cyprès dessinaient des ombres noires sur le gazon et une légère brise faisait frissonner les feuilles. J'ai eu froid dans le dos. On pouvait facilement croire qu'un certain Webster vivait bel et bien dans notre arrière-cour à Scarborough, en Ontario, au Canada.

J'ai regardé l'ancien trou du cyprès et de l'azalée; il avait exactement la même apparence que lorsqu'on lui avait remis son couvercle. Je m'en suis approchée. Des morceaux du truc dégoûtant s'échappaient du bord.

– Webster, ai-je dit, tu as gagné. Tu as gagné haut la main. Et après?

J'ai fait un peu le tour de l'arrière-cour en sautillant pour montrer à Webster que je n'avais pas peur de lui, puis je suis rentrée.

Le lendemain matin, à la première heure, Michael est entré en trombe dans la cuisine alors que maman descendait l'escalier.

– Devine! s'est-il écrié. Webster a réparé mes routes. Il ne les a pas refaites exactement comme il faut, mais ça ne fait rien. Je les arrangerai.

J'ai lâché la boîte de céréales et me suis précipitée dehors. Mes parents m'ont suivie. Et c'était vrai. Les routes avaient réapparu. Elles n'étaient pas parfaites, c'était vrai aussi. Les ponts étaient pleins de bosses et les tunnels n'étaient pas suffisamment larges pour les autos. Et j'ai l'impression que Webster ne comprend pas à quoi servent les poteaux électriques puisqu'ils étaient placés au milieu des routes. Mais, comme l'avait dit Michael, il pouvait arranger tout ça.

Et voilà. Ce n'était pas vraiment des fantômes, j'imagine. En réalité, je ne sais pas ce que c'était... ou ce que c'est. Qu'en penses-tu?

Ta correspondante, Katie Pershing

L'ESCALIER

L'ESCALIER

Sharon Siamon

Quand j'avais douze ans, nous habitions dans une vieille maison sinistre sur la rue Clinton, à Toronto. Ma mère, son amie Wanda et moi y sommes restées pendant dix mois alors que maman était retournée aux études. Wanda était étudiante en arts. Elle nous aidait à payer le loyer et me tenait compagnie pendant que maman allait à ses cours du soir à l'université.

Le numéro 83 de la rue Clinton était un appartement délabré. Maman disait qu'il ne tenait debout que grâce aux innombrables couches de vieille peinture et de papier peint recouvrant ses murs. Quand on montait l'escalier, on avait l'impression que la vieille maison craquait et gémissait.

Il y avait une flopée d'escaliers dans cette maison de la rue Clinton : l'escalier sombre menant à notre appartement au deuxième étage, un escalier étroit et raide conduisant à la mansarde où habitait Wanda et un escalier de vingt-sept marches pour passer à l'extérieur en empruntant la porte arrière située dans la cuisine. Cet escalier extérieur était plutôt branlant. Nous l'utilisions surtout pour faire entrer et sortir notre chatte, Toby.

Une nuit, Toby disparut. On sait combien les chats ont l'imagination fertile et se mettent à bondir sur des choses invisibles. Parfois, pour jouer, ils chassent une souris imaginaire, mais il leur arrive aussi de se mettre à courir comme des dératés, comme si on les pourchassait. Toby était de cette humeur le jour où elle a disparu. Elle est sortie de la chambre, a couru comme une folle dans le couloir et s'est cachée sous la table de la cuisine. Elle a demandé à sortir, mais quand on lui a ouvert la porte, elle est restée dehors sur le rebord de la fenêtre et nous a regardées par la vitre. On avait l'impression qu'elle voyait quelque chose de terrifiant dans la cuisine. Et ce soir-là, elle n'est pas rentrée quand on l'a appelée. Maman et moi, nous étions très tristes. Nous avions Toby depuis que nous habitions dans l'ouest. Elle avait traversé le pays avec nous, dans notre vieille Chevrolet remplie à craquer de toutes nos affaires. Wanda nous dit que le fantôme avait fait fuir notre chatte.

Depuis peu, Wanda avait commencé une série de dessins de chats et les avait accrochés sur le mur du couloir de notre appartement. Le lendemain de la disparition de Toby, certains d'entre eux avaient été arrachés du mur.

– Je sais que tu es triste d'avoir perdu ta chatte, me dit Wanda en les replaçant, mais tu n'avais pas besoin d'arracher mes dessins.

– Je ne les ai pas arrachés! Je n'aurais jamais fait ça!

J'aimais beaucoup Wanda et ses dessins et j'étais triste à

cause de Toby. Je me mis à pleurer.

– Excuse-moi, Karen, dit Wanda en me prenant dans ses bras. Mais qui aurait pu le faire alors? Ta mère?

– Sûrement pas, dis-je en la regardant fixement. Elle adore tes dessins.

– Bon, dit Wanda en jetant les bras en l'air, dans un cliquetis de bracelets. Ce doit être le fantôme, affirma-t-elle, et elle s'en alla dans le couloir.

Je n'étais pas certaine d'avoir bien compris.

– Le fantôme? Quel fantôme? questionnai-je en la rattrapant.

Ce couloir long et étroit ressemblait à une maison hantée dans une fête foraine. Il fallait que je me retienne avec un bras pour ne pas perdre l'équilibre sur le plancher en pente. Le plancher était tellement incliné que si on y posait une balle, elle roulait en zigzaguant jusqu'à la cuisine.

– Quel fantôme? répétai-je en attrapant Wanda par le bras.

Elle se servait déjà une tasse de tisane sur le comptoir de la cuisine. Ses longs cheveux foncés couvraient son visage.

– Je l'entends quand j'étudie le soir, dit-elle d'un ton désinvolte.

Elle renvoya ses cheveux en arrière et se tourna vers moi. La lumière frappa le bijou de cristal qu'elle portait autour du cou et lança des reflets irisés dans toute la cuisine.

– Ne t'inquiète pas, ajouta-t-elle. Je crois que c'est un fantôme sympathique. Il se contente de monter et de descendre l'escalier, très lentement, une marche à la fois. Parfois, je l'entends chanter.

– Es-tu en train d'inventer tout ça? dis-je d'une voix haletante, en grimpant sur la table de la cuisine pour pouvoir la regarder dans le blanc des yeux.

– Non, pas du tout, répondit Wanda en sirotant sa tisane et

en s'adossant à l'évier. Il chante de vieilles chansons rigolotes. Je n'en comprends que des bribes... Je crois que c'est pour ça que Toby est partie, ajouta-t-elle. Les chats sont très sensibles.

J'eus un frisson en me remémorant le regard affolé de Toby. Qu'est-ce qui l'avait effrayée?

– Je crois que le fantôme a trébuché sur Toby une nuit, poursuivit Wanda. Je l'ai entendu hurler : « Écarte-toi de mon chemin ou je t'envoie valser par la queue. » Bien entendu, les fantômes ne trébuchent pas sur les objets; ils les traversent tout simplement.

Wanda passa ses cheveux derrière ses oreilles et joua avec ses pendants d'oreilles. Elle conclut :

– J'imagine que notre fantôme n'aime pas les chats, c'est tout.

– Wanda, tout cela est trop bizarre, dis-je en hochant la tête. Arrête de dire des bêtises.

– D'accord, ma vieille, dit Wanda en se tournant pour partir. En tout cas, tu ne devrais pas parler de cette conversation à ta mère. Elle voudrait sans doute déménager et moi, j'ai enfin arrangé le studio à mon goût. Je suis capable d'endurer un fantôme qui chante.

Elle avait raison au sujet de maman. Ma mère était déjà énervée juste à l'idée de trouver une coquerelle dans un placard. Et pourtant, comme Wanda, elle n'aurait pas voulu déménager. Nous ne trouverions jamais un autre logement abordable près de l'université.

– Il n'y a pas de fantôme! criai-je à Wanda alors qu'elle marchait dans ce couloir qui renvoyait l'écho.

Elle ne me répondit pas. Tout ce que j'entendis, ce fut le bruit de ses pas dans l'escalier, puis le claquement de la porte de son studio.

Ce soir-là, toutefois, je fus incapable de dormir. J'écoutai les moindres craquements et gémissements présents dans la maison. Et aussi le bruit de la rue Bloor non loin de là... les klaxons et les crissements de pneus, et parfois les cris et les rires provenant du restaurant voisin, qui est ouvert toute la nuit. Je regardai sans cesse les chiffres rouges sur mon réveil. Finalement, je dus m'endormir puisque les chiffres indiquaient 3 h 32 quand je me réveillai en sursaut, le cœur battant la chamade.

Quelque chose descendait l'escalier de la mansarde d'un pas lourd, une marche à la fois, exactement comme l'avait décrit Wanda. Des pas traînants s'approchèrent de ma porte. Je serrai si fort les dents que je crus que ma mâchoire allait se briser net. Puis les pas traînants s'arrêtèrent. Il y eut un cri soudain. Quelque chose de dur et de rond se mit à rouler le long du couloir, de plus en plus vite, en direction de la cuisine. Puis le silence se fit. Je restai allongée dans mon lit, tremblante, trop effrayée pour me lever et regarder ce que c'était, mais aussi pour dormir.

Le lendemain matin, je vérifiai chaque coin et recoin de la cuisine, à la recherche d'un objet rond et dur. Je ne trouvai rien. Et pourtant, j'étais certaine d'avoir entendu quelque chose. Je grimpai l'escalier de la mansarde quatre à quatre et frappai à la porte de Wanda. Celle-ci grommela et je poussai la porte brusquement. Les murs inclinés étaient couverts d'œuvres d'art. Le plancher était jonché de vêtements et de matériel de peinture. Allongée sur son futon posé sur le plancher, Wanda m'adressa un sourire endormi.

– Alors, Karen, tu l'as entendu? J'avais raison, hein?

– Tu avais raison, marmonnai-je en hochant la tête.

Je remarquai qu'elle portait son collier en cristal même pour dormir.

– Évidemment. C'est un fantôme, comme je te l'ai dit.

41

Elle se pelotonna au milieu de son tas d'édredons et d'oreillers et ajouta :

– Maintenant, laisse-moi dormir.

Wanda était peut-être capable de dormir, mais pas moi. Je restai réveillée toutes les nuits, à regarder les phares des autos défiler sur le plafond fissuré, à écouter les pas traînants et le bruit de quelque chose de petit et de dur qui roulait devant ma porte. C'était en général après trois heures que les bruits commençaient. Pendant que j'attendais, j'arrachai les couches de vieux papier peint à côté de mon lit. Je décollai un affreux papier velours rouge, puis des roses, puis des rayures bleues. J'étais arrivée à du papier à fougères quand je suis tombée malade.

Pour maman, c'était la période des examens de mi-semestre. Sachant combien ils étaient importants pour elle, je demandai à Wanda de m'emmener chez le médecin. Ce n'était pas loin, mais on prit quand même le métro. Le médecin gribouilla une ordonnance et la tendit à Wanda :

– Allez à la pharmacie au coin de Davenport et de Dupont. Ils sont moins chers.

Il avait dû remarquer que nous n'étions pas riches. Il fallait donc prendre l'autobus et marcher le long de plusieurs pâtés de maisons dans la « sloche », mais on y arriva quand même. C'était une pharmacie vieillotte dont la vitrine présentait des flacons de médicaments. Le pharmacien lut l'ordonnance.

– Quatre-vingt-trois rue Clinton! s'écria-t-il, l'air ravi, comme si nous étions de vieux amis. Mon meilleur ami, Billy Reid, habitait dans cette maison, dit-il en s'accoudant au comptoir.

Mes jambes flageolaient et j'avais froid. Tout ce que je voulais, c'était rentrer chez moi et me coucher, mais le pharmacien continua à parler :

– Le grand-père de Billy habitait en haut, dans la mansarde. Vous savez, quand il est mort, ça a été une perte terrible pour Billy. Un choc incroyable! La famille a déménagé peu de temps après...

– Pourquoi? demanda Wanda, en penchant la tête sur le côté. Comment est-il mort?

Le pharmacien jeta des comprimés dans un flacon en plastique.

– Il a dévalé l'escalier depuis la mansarde. Je me souviens combien les marches étaient étroites et raides! Grand-papa Reid...

Plongé dans ses souvenirs, le pharmacien fit une pause.

– Qu'est-ce qu'on a pu s'amuser dans cette maison. Billy et moi, on organisait un jeu de billes dans le long couloir au deuxième étage – vous savez de quoi je veux parler?

Wanda hocha la tête et je l'imitai.

– Et grand-papa Reid adorait jouer aux billes et remportait toujours la partie. Les billes roulaient dans le couloir et venaient frapper la porte de l'atelier de couture de la mère de Billy. Elle sortait en furie et nous hurlait après, la bouche pleine d'épingles!

Il éclata de rire en secouant la tête.

J'eus l'impression que ma tête allait exploser. Des billes! C'est ça que j'entendais la nuit. Des billes qui roulaient dans le couloir... des enfants de mon âge en train de jouer aux billes avec un vieil homme. Un homme qui était mort en tombant dans l'escalier!

– Quand est-ce arrivé? demanda Wanda, et je pus sentir son excitation.

– Eh bien, je suis presque arrivé à la retraite, répondit le pharmacien. C'était il y a plus de cinquante ans, alors. Mais je me souviens de cet homme comme si c'était hier.

43

– Est-ce qu'il aimait chanter? demanda Wanda qui sautait presque sur place.

– Oh que oui! Il connaissait plein de dictons irlandais et de drôles de vieilles chansons. Certaines n'étaient pas très polies, remarquez. Il nous les apprenait quand la mère de Billy n'écoutait pas. Je me souviens de l'une d'elles, dit le pharmacien en souriant et il commença alors à chanter :

Pas la nuit dernière, mais la nuit d'avant,
Trois jeunes matous sont arrivés lentement.
L'un avait un violon, l'autre une flûte traversière,
Et le troisième une crêpe collée sur son...

Il s'arrêta net, soudain embarrassé.

– J'avais tout oublié des chansons de grand-papa Reid, dit-il en remontant ses lunettes sur son nez. Voilà votre ordonnance. Est-ce que vous avez une assurance pour les médicaments?

– Non, on n'en a pas, répondit Wanda, pressée, je crois, de s'en aller.

– Je vais vous faire un bon prix, en souvenir du bon vieux temps. Vous saluerez la vieille maison sur la rue Clinton pour moi.

– On n'y manquera pas, répondit Wanda.

Une fois dehors, elle saisit la manche de mon manteau.

– C'est notre fantôme! s'écria-t-elle. Grand-papa Reid!

– Grand-papa Reid, répétai-je et j'essayai de l'imaginer alors que nous descendions d'un pas lourd la rue enneigée, mais mon esprit était engourdi.

La nuit était tombée pendant que nous étions à la pharmacie. Le froid me transperçait jusqu'aux os.

Arrivée au 83, rue Clinton, je me sentais tellement bizarre et étourdie que je pus à peine monter les marches du perron.

Rien ne semblait réel. J'avais peut-être rêvé toute la scène à la pharmacie, pensai-je. Pour m'en assurer, avant que Wanda ne vienne me border, je vérifiai si l'embrasure de la cuisine avait des gonds. Elle en avait effectivement, dissimulés sous plusieurs couches de vieille peinture. La cuisine pouvait avoir été un atelier de couture!

Je m'approchai de la fenêtre de la cuisine. J'espérais toujours revoir Toby. Elle était peut-être dans les parages, gelée et malheureuse, et avait peur de rentrer. Peut-être que si je l'appelais une autre fois...

J'ouvris la porte arrière et m'aventurai sur le minuscule perron, en pyjama et en chaussettes.

– TOBY! criai-je dans l'air glacé. Viens, Toby! Viens, mon chat!

Provenant d'un grand érable dénudé, j'entendis un miaulement.

– TOBY!

Je fis un pas en avant, glissai sur la glace et me rattrapai à la rampe. En temps normal, j'ai une bonne coordination, mais j'avais la tête qui tournait à cause de la fièvre. J'eus l'impression que la rampe se dérobait sous mon bras. Je sentis que je dévalai le long escalier recouvert de glace. J'entendis une voix flotter derrière moi :

Plus la montagne est haute,
plus l'herbe est verte.
Un bouc est descendu,
en glissant sur son ... pardessus.

La voix m'enveloppa. Je sentis des bras maigres et nerveux

m'étreindre, me serrer fort et me retenir.

– Satané escalier, dit une voix vieille et râpeuse. Il causera ma mort un jour...

Puis la voix s'évanouit. Je restai seule, assise sur la marche glacée, à mi-chemin environ, sanglotant pour retrouver mon souffle et empoignant la rampe. Et pourtant, je ressentis une chaleur, une chaleur qui envahissait tout mon corps, comme si je sortais d'un bain chaud.

– Karen! hurla Wanda. Oh, mon Dieu! Est-ce que ça va? s'inquiéta-t-elle, et elle se précipita dans l'escalier derrière moi.

– Fais attention à la rampe. Elle n'est pas très solide, lui dis-je d'un air aussi calme que si j'étais assise sur l'escalier par une chaude journée d'été.

– Qu'est-ce que tu fais là? me demanda Wanda, quasiment hystérique.

Il me fallut réfléchir un instant pour me souvenir.

– J'allais chercher Toby. Je l'ai entendue. Regarde, Wanda! dis-je en indiquant la balustrade du perron.

En effet, Toby nous attendait là, la queue bien enroulée autour de son corps. Quand j'ai voulu l'attraper, elle a sauté doucement vers moi et s'est frottée contre ma jambe pour que je la fasse entrer.

Un peu plus tard, alors que j'étais pelotonnée dans mon lit, une tasse de tisane sucrée sur ma table de chevet et un chat bien chaud sur le ventre, Wanda entra dans ma chambre, armée de son bloc à dessins. Elle s'assit en tailleur par terre.

– Garde la pose, me dit-elle.

J'ai encore le dessin qu'elle a fait de moi et de Toby blotties l'une contre l'autre. Plus tard, cette nuit-là, j'ai entendu des froissements à l'extérieur de ma chambre. Cette fois-ci, je me suis levée pour voir ce que c'était. J'ai ouvert la porte doucement et j'ai jeté un coup d'œil dans le couloir sombre.

Une forme a surgi des ombres et a bondi. J'ai eu le souffle coupé. C'était juste Toby, qui pourchassait des amas de poussière dans l'obscurité.

Wanda et moi n'avons plus jamais entendu ni chansons ni bruits de pas dans l'escalier. En juin, maman a obtenu enfin son diplôme et nous avons déménagé de la rue Clinton. L'été dernier, alors que nous étions dans le quartier pour assister à la remise de diplôme de Wanda, nous sommes passées devant la vieille maison. Au numéro 83, il y a maintenant une clinique d'acupuncture. L'immeuble a l'air différent. C'est une sensation bizarre de savoir qu'on n'habite plus ici et qu'on ne peut plus juste ouvrir la porte et entrer. J'ai cru avoir aperçu un visage à la fenêtre de la mansarde, mais ce n'était peut-être qu'un patient. Je me demande si grand-papa Reid les surveille dans l'escalier.

LE HIBOU BLANC

LE HIBOU BLANC

Hazel Boswell

C'était une journée calme, à la fin septembre. Les érables rutilaient d'ors et d'écarlates, les labours étaient terminés et les champs s'étalaient nus et bruns sous le ciel gris argenté. Mme Blais était assise sur une caisse retournée, sur l'étroite galerie qui longeait la cuisine d'été. Elle tressait de longues gerbes d'oignons rouges avant de les suspendre dans le grenier pour l'hiver. La petite galerie était remplie de légumes : grosses courges jaune doré, citrouilles vertes, navets brun crème et grands tas de choux verts et de betteraves luisantes.

C'était une journée idéale pour travailler. Son époux, son fils aîné, Joseph, et leur voisin, Exdras Boulay, étaient partis réparer la vieille cabane à sucre. Le fiancé de sa sœur, Félix Leroy, venu des États-Unis pour un congé, était aussi allé avec eux. Pas pour travailler toutefois. Il méprisait ce genre d'ouvrage, car il était ouvrier d'usine aux États-Unis et, comme il le disait, « faisait plus d'argent en une semaine qu'il en ferait en un mois sur une terre ». Les enfants les plus grands étaient à l'école; les petits, Gaétane, Jean-Paul et Marie-Ange, s'amusaient avec le vieux chien Puppay. Mémère filait à la cuisine tout en surveillant P'tit Charles qui dormait tranquillement dans son berceau. Mme Blais travaillait de bon cœur. C'était rare qu'elle ait une journée aussi parfaite pour travailler. Son esprit se perdait dans une rêverie paisible, sereine : « Que tout se passe bien aujourd'hui », songeait-elle.

Soudain, le calme fut rompu. Puppay se mit à aboyer furieusement, puis les aboiements se transformèrent en jappements de contentement. Les enfants se mirent eux aussi à crier. Mme Blais se tourna sur sa boîte et regarda dans la direction où les enfants jouaient, mais ils avaient laissé leur jeu en plan et s'étaient mis à courir dans le champ. Alors qu'elle suivait ses enfants du regard, elle vit son époux, Joseph, et Exdras Boulay qui sortaient du bois, sur le sentier menant à la vieille cabane à sucre.

Ayant entendu le bruit elle aussi, mémère était venue à la porte.

– C'est quoi? demanda-t-elle. Un étranger?

– Non, répondit Mme Blais, c'est les hommes qui reviennent et il n'est pas encore quatre heures. Il a dû arriver quelque chose.

L'air inquiet, elle observa les hommes qui traversaient le champ. Elle remarqua que Félix n'était pas avec eux. Alors qu'ils s'approchaient de la maison, elle leur cria :

– Qu'est-ce qui est arrivé?

Personne ne lui répondit. Les hommes avançaient d'un pas lourd sans dire un mot. Une fois arrivé à la maison, son époux s'assit sur l'escalier de la galerie et commença à enlever ses bottes. Debout, les deux autres hommes et les enfants le regardaient faire.

– Où est Félix? demanda Mme Blais.

– Il a pas voulu venir avec nous.

– Pourquoi êtes-vous rentrés si tôt?

Ce fut de nouveau le silence, puis son époux répondit :

– On a vu le Hibou Blanc.

– Vous l'avez vu?

– Oui, répondit M. Blais, c'est pour ça qu'on est rentrés.

– Pourquoi Félix n'est-il pas venu avec vous?

– Il a dit que c'était des sottises. Des histoires de vieux.

– T'aurais dû l'obliger à venir avec vous, dit mémère. Tu peux pas te souvenir de la dernière fois où le Hibou Blanc est venu. Moi si. C'était deux ans après mon mariage. Bonté Lemay était comme Félix, il y croyait pas. Il est resté à labourer alors que les autres étaient partis. Le cheval a pris peur et il est parti au galop. Le bras de Bonté s'est coincé dans les rênes et l'homme a été traîné derrière la charrue. Sa tête a frappé une roche et il était mort quand on l'a retrouvé. Sa mère, la pauvre femme, ce qu'elle a pu pleurer. On plaisante pas avec le Hibou Blanc.

Réveillé par le bruit, le P'tit Charles se mit à pleurer. Alors Mme Blais alla dans la cuisine et le prit dans ses bras. Elle vérifia s'il était mouillé, s'assit près du poêle et l'allaita. Les hommes entrèrent aussi dans la cuisine et s'assirent autour de la table.

– Crois-tu que Félix se décidera à rentrer? demanda Mme Blais.

Joseph secoua la tête et cracha habilement dans le crachoir en terre cuite brune.

– Sois sans crainte, répondit-il. Il dit qu'aux États-Unis, ils ont assez de bon sens pour pas croire à ces vieilles histoires.

– Si Félix reste dans le bois, il lui arrivera sans doute malheur, dit mémère. J'vous l'dis, le Hibou Blanc apporte toujours une catastrophe.

– Tu devrais aller parler au curé, suggéra Mme Blais à son époux.

– Il est parti à Rimouski faire une retraite, répondit Exdras. Hier, j'ai vu sa gouvernante, Philomène, et elle me l'a dit. On était venu le chercher pour donner les derniers sacrements au vieil Audet Lemay qui était mourant, mais le curé était parti et on a dû aller chercher celui de Saint-Anselme pour le remplacer.

– Bon, il faut rentrer les vaches, dit M. Blais. Vas-y, Joseph.

Joseph se leva et sortit. Les enfants et Puppay le suivirent.

Mémère retourna à son filage. Mme Blais recoucha P'tit Charles dans son berceau puis alla traire les vaches. Il y en avait dix à traire. Son époux et Joseph l'aidaient et jusqu'à l'an passé, mémère participait elle aussi. En automne, la nuit tombe vite dans le nord. Une fois les vaches traites et le souper terminé, le soir d'une clarté verte et froide avait envahi le ciel, les étoiles étaient sorties et le petit croissant de lune argenté s'était levé au-dessus de l'érablière. Joseph était assis sur l'escalier de la petite galerie, les yeux rivés sur la trouée présente dans l'érablière, qui indiquait le chemin menant à la cabane à sucre. De temps à autre, son père le rejoignait et tous deux cherchaient Félix des yeux.

Alors que la pendule de la cuisine sonnait huit heures, Mme Blais posa son ouvrage.

– C'est l'heure de réciter le rosaire, dit-elle. Dis à Joseph de rentrer.

M. Blais ouvrit la porte et appela Joseph. Celui-ci entra, suivi de Puppay.

Les membres de la famille placèrent leurs chaises autour du poêle, car les soirées commençaient à être fraîches et il faisait froid loin du poêle.

Mémère commença le rosaire :

– Je crois en Dieu, le père tout-puissant...

Le murmure léger de leurs voix emplit la cuisine.

Une fois le rosaire récité, Mme Blais envoya les enfants se coucher. Elle passa ensuite au salon, y prit un cierge béni, l'alluma et le déposa sur le bord de la fenêtre de la cuisine.

– Que Dieu ait pitié de lui, dit-elle.

Puis elle prit P'tit Charles et alla se coucher avec son époux tandis que mémère se rendit dans sa petite chambre, à côté du salon.

Le lendemain, la journée était lumineuse et froide, et le sol couvert de gelée blanche.

Joseph fut le premier à parler de Félix.

– Il est peut-être allé coucher chez un voisin, dit-il.

– Si c'était le cas, il serait déjà revenu ici, répondit son père.

Ils étaient encore en train de déjeuner quand Exdras Boulay entra dans la cuisine.

– Félix n'est pas rentré? demanda-t-il.

Avant que quelqu'un ait pu répondre, la porte s'ouvrit et deux autres voisins entrèrent à leur tour. La nouvelle de Félix et du Hibou Blanc s'était déjà répandue le long de la route. Il y eut bientôt dans la cuisine huit hommes et adolescents et une demi-douzaine d'enfants excités.

Les hommes s'assirent à table pour fumer. Le vieil Alphonse Ouellet faisait presque toute la conversation. C'était toujours le meneur dans la paroisse.

– Il faut qu'on parte à sa recherche, dit-il. Dommage que le curé ne soit pas là pour nous accompagner. Allez, autant partir tout de suite. Apportez votre rosaire, dit-il à M. Blais.

Mme Blais, mémère et un groupe d'enfants se postèrent sur la galerie de la cuisine pour regarder les hommes s'éloigner sur le sentier raboteux menant à l'érablière.

– Que Dieu les protège, dit Mme Blais.

– Et qu'Il ait pitié de Félix, ajouta mémère en faisant le signe de la croix.

Dans l'érablière, le sol était encore couvert de gelée blanche. Chaque petit tas de feuilles était blanc et les flaques le long du sentier étaient bien gelées. Les hommes marchaient en silence. Ils étaient tous pris d'une crainte secrète, celle de voir brusquement le Hibou Blanc perché sur une vieille souche ou sur un des monticules glacés. À quelques centaines de mètres de la cabane à sucre, ils trouvèrent Félix. Il était allongé sur le dos. Au début, sa chemise rouge ressemblait à un tas de feuilles d'érable, posé sur la gelée blanche. Un grand bouleau s'était écrasé sur sa poitrine et l'avait cloué au sol. Une de ses mains avait saisi un morceau d'écorce, dans un effort ultime et insensé pour tenter de se libérer.

Disposés en cercle autour de lui, les hommes le fixaient, enveloppés par le vaste silence du bois. Puis, dans le lointain, on entendit une note aiguë, le cri perçant et victorieux du Hibou Blanc.

SANS BETH

SANS BETH

Jean Little

Avant la naissance des jumelles, leurs parents avaient eu une discussion.

– Si c'est une fille, je veux qu'on l'appelle Elizabeth, comme toi, avait dit leur père.

– Je ne suis pas d'accord, avait répondu leur mère. Elizabeth II, ce serait ridicule.

Quand ils apprirent que les enfants étaient des jumelles, leur père eut une idée géniale :

– Si on les appelait Eliza et Beth?

Leur mère accepta.

Beth était la plus jeune des deux de neuf minutes, mais ce fut la seule fois où elle laissa sa sœur Eliza prendre de l'avance sur elle. Et Eliza n'y voyait pas d'inconvénient; elle aimait suivre Beth. Beth se faisait des amies pour sa sœur et elle-même. Elle choisissait toujours les jeux.

– On joue à la cachette, lançait-elle.

– D'accord, répondait Eliza. C'est toi qui cherches.

C'est Beth qui baptisait leurs cochons d'Inde et leurs poupées. Leurs poupées préférées étaient des cadeaux de Noël offerts par leur grand-tante Emerald, l'année de leurs neuf ans. Les poupées aussi étaient identiques, mais tante Emerald en avait habillée une en rouge et l'autre en vert.

– Si on les appelait Holly et Ivy? avait suggéré Beth.

– C'est parfait, avait accepté Eliza. La mienne, c'est Holly.

Beth était la jumelle dont la plupart des gens se souvenaient, même si les fillettes se ressemblaient comme deux gouttes d'eau. Elles étaient petites pour leur âge, avaient les cheveux roux clair, de grands yeux gris-vert et une fossette chacune.

– Tu sais, Eliza, tu es aussi intelligente et jolie que ta sœur, lui dirent ses parents inquiets.

– Je sais, répondit Eliza. Arrêtez de vous en faire. Je m'en sortirais très bien sans Beth si je devais le faire.

En prononçant ses paroles, elle ressentit des frissons de peur l'envahir. Sans Beth. Elle ne supportait pas l'idée de vivre sans sa sœur jumelle. Mais pourquoi devrait-elle? Elles avaient des années devant elles avant d'être des adultes et encore là, elles pourraient toujours vivre près l'une de l'autre.

Eliza aimait les jeux et les noms que choisissait Beth. Elle voulait sincèrement être la dame d'honneur, l'écuyer et l'ennemi, et de temps en temps, le chien de meute fidèle. Ça ne la dérangeait pas non plus d'être la remplaçante de Beth, tous les ans, dans les pièces de théâtre et les spectacles de l'école, puisqu'elle avait alors le plaisir d'assister aux répétitions dirigées par Mme Paganini sans avoir besoin de jouer sur la scène. Elle tremblait à l'idée de devoir effectivement réciter un texte devant des spectateurs.

– Heureusement que je suis en bonne santé, Eliza, la taquina Beth alors qu'elles étaient en secondaire un. Peut-être qu'un jour, je tomberai malade juste pour voir ce que tu feras.

– Surtout pas, répondit Eliza en tremblant. Ne tombe pas malade!

Cette année-là, la pièce de théâtre se passait dans l'ancien temps. C'était l'histoire d'une fillette qui avait décidé de préparer un repas de Nouvel An fastueux pour sa famille nombreuse et d'autres invités, et pour qui tout allait de travers. Dès le deuxième jour, Eliza connaissait déjà tout le texte par cœur. Elle avait une meilleure mémoire que sa sœur.

Éliza était ébahie de voir Beth faire le clown sur la scène. La pièce n'était pas très bonne et pourtant, Beth réussissait à donner de l'éclat à un scénario médiocre. Eliza eut tôt fait de rire et devant la fin romantique, elle refoula ses larmes.

« Un jour, Beth sera une grande actrice », se dit-elle.

Mme Paganini était de son avis.

– Cette année, annonça l'enseignante, nous donnons deux spectacles. Beth est excellente dans le rôle principal et les gens l'ont beaucoup aimée dans la pièce de l'an passé. Nous vendrons des billets et les places seront numérotées. Nous pourrons donner l'argent recueilli à une association de lutte contre la faim.

Tous les enfants répétèrent avec encore plus d'ardeur. Eliza et Beth étaient tellement occupées qu'elles en oublièrent presque d'acheter des billets pour leur famille. Et, effectivement, elles ne purent obtenir que trois places dans une rangée et une place dans la rangée juste derrière.

– Je pourrai m'asseoir là, proposa Eliza, tellement excitée de voir la pièce qu'elle se moquait bien de la place allouée.

– Il vous faudra de nouvelles robes, dit leur mère.

Elle leur acheta des robes salopettes rouge vif et des chemisiers en soie blanche. Elles portèrent ces vêtements au souper de Noël chez leur grand-tante Emerald. Celle-ci offrit à Beth un porte-bonheur. Il s'agissait d'une toute petite étoile en or. Dans un rire, Beth l'épingla sur sa robe.

– Est-ce qu'elle est vraiment une étoile? demanda un de leurs petits cousins.

– Il ne faut pas répondre, dit Beth. Ça pourrait porter malheur d'en parler longtemps d'avance.

– Mais une étoile, ça porte chance à la personne qui l'a, insista le garçonnet. C'est vrai, hein, tante Emerald?

– C'était mon intention en tout cas, répondit sa grand-tante.

En fait, l'étoile ne porta pas chance du tout à Beth. Le lendemain, elle avait l'air en forme jusqu'au souper. C'est alors qu'elle se plaignit d'avoir mal à la tête et de sentir une raideur dans la nuque. Elle eut bientôt une forte poussée de fièvre. À neuf heures, le médecin arriva. Dix minutes plus tard, une ambulance était devant la porte. Beth fut transportée d'urgence à l'hôpital, dans un hurlement de sirènes. La voix cassée et inquiète, sa mère téléphona à tante Emerald. Elle enlaça brièvement Eliza, puis elle se rendit à l'hôpital en compagnie de son mari. Eliza aurait tant voulu aller avec eux, mais elle n'osa pas le leur demander.

Tante Emerald arriva aussitôt en taxi. Eliza voulait rester éveillée, mais tante Emerald insista tant que la fillette finit par aller dans sa chambre. Sa chambre et celle de Beth.

Elle se mit au lit mais fut incapable d'y rester. Elle arpenta la pièce, prenant des cassettes et des livres qu'elle aimait, puis les reposant aussitôt. Même en s'efforçant de tourner le dos au lit vide de Beth, elle le voyait sans cesse.

Finalement, elle se sentit si fatiguée qu'elle s'effondra au pied de son lit et somnola. Et pourtant, même à moitié endormie, elle sut, au plus profond d'elle-même, que Beth était en train de la quitter. Puis son père arriva et lui annonça que sa sœur était morte de la méningite. Ce mot allait toujours la faire frissonner, même une fois devenue vieille. À ce moment précis, cependant, Eliza entendit à peine ce que disait son père. Elle repoussait désespérément l'idée de continuer à vivre sans Beth.

– Je ne peux pas, murmurait-elle. Je ne sais pas comment faire.

– Je sais, dit son père, mais il ne pouvait pas vraiment savoir, car Beth n'était pas sa jumelle.

Personne ne pensa à la pièce de théâtre de l'école ce jour-là, sauf Mme Paganini. Elle attendit quelques jours, puis se rendit chez les parents d'Eliza. Elle les chargea de parler à leur fille.

– C'est en partie à cause du costume, dit la mère d'Eliza. Comme tu le sais, c'est un costume de l'époque victorienne. Il t'irait à toi, mais on ne peut pas l'agrandir pour quelqu'un d'autre. Et Mme Paganini m'a dit que tu sais tout le texte par cœur. Le rôle est trop long; personne ne pourrait l'apprendre à temps. C'est à toi de décider, ma chérie. Personne ne t'en voudra si tu refuses, mais l'école a fait de la publicité et la première est à guichets fermés. Et l'argent...

– Oui, je sais pour l'argent, dit Eliza d'un ton morne.

Elle n'était pas Beth. Elle allait tout gâcher. Elle n'avait même pas le temps de participer à une vraie répétition. Si ce n'était pour l'association de la lutte contre la faim et les autres élèves qui avaient tellement répété...

Au moment de s'habiller, Eliza remarqua que sa mère avait

enlevé tous les vêtements de Beth. Du moins le croyait-elle. Quand Eliza enfila la robe salopette rouge et se regarda dans le miroir, elle remarqua, épinglée sur le devant du vêtement, une petite étoile en or.

Elle leva la main et la referma sur la toute petite broche. Ses yeux s'emplirent de larmes. Puis, les doigts tremblants, elle la détacha. Eliza n'était pas une étoile. Elle le savait déjà et tout le monde le saurait également bientôt.

Pourtant, elle ne rangea pas la broche dans son coffret à bijoux et ne la jeta pas non plus. Elle la glissa dans sa poche. Il y avait une chance – une toute petite – qu'elle l'aide à surmonter cette épreuve.

Toute la famille se rendit à l'école.

– Aimerais-tu que je vienne t'aider à t'habiller? lui proposa gentiment sa mère.

Eliza fit non de la tête, car elle n'était pas sûre de pouvoir parler. Elle se rendit dans la loge en automate. Elle répondit poliment à ceux qui la saluaient; ils n'étaient pas nombreux. Les enfants lui lançaient plutôt des regards effrayés. Elle enfila la longue robe en vichy bleu, puis le tablier à volants. Il semblait y avoir un million de boutons minuscules et avant même qu'elle ait fini de les attacher, ils étaient tous glissants de sueur. Au dernier moment, elle prit la petite broche dans sa robe salopette et la glissa dans la poche du tablier. Elle était aussi prête que possible. Elle se demanda ce qu'il arriverait si elle vomissait sur la scène.

Mme Paganini prit la main froide d'Eliza et la serra.

– Par ici, ma chouette, dit l'enseignante qui semblait sur le point d'éclater en sanglots.

Eliza prit une profonde inspiration et alla sur la scène.

– Tu es prête? demanda l'enseignante d'une voix rauque.

Eliza fit oui de la tête, puis elle s'approcha des rideaux et les entrouvrit. Sa main droite plongea dans la poche du tablier et toucha l'étoile. Derrière elle, Mme Paganini se moucha, mais Eliza ne l'entendit pas. Par l'étroite fente, elle regardait les rangées de spectateurs. Il y avait ses parents et sa grand-tante Emerald. Et, sur son siège vide, juste derrière eux... sa sœur Beth était assise.

– C'est impossible, dit Eliza à voix basse.

Elle se frotta les yeux, mais Beth était toujours là. Elle portait une robe salopette rouge et un chemisier en soie blanche. Elle souriait directement à sa sœur. Et alors qu'Eliza la regardait fixement, Beth fit le petit geste qui signifiait entre elles deux : « Quoi qu'il arrive, je suis avec toi. »

– Madame Paganini, dit Eliza d'une voix rauque, venez voir les spectateurs.

– Je sais, répondit l'enseignante d'une voix enthousiaste. La salle est pleine à craquer.

Elle prit la place d'Eliza, regarda le public et afficha un grand sourire :

– C'est toi qu'ils applaudissent, ma chouette.

Elle se tourna pour tapoter le bras d'Eliza, puis elle se dirigea vers les coulisses et lança par-dessus son épaule :

– Je te dis le mot de Cambronne, ma chérie! Lever de rideau dans deux minutes.

Eliza eut un petit rire. Elle ne regarda pas si Beth était toujours là. Elle se dirigea vers la table posée sur la scène et se mit en place, en saisissant l'épais livre de cuisine qui lui servait d'accessoire. Alors que le rideau se levait, elle repoussa ses cheveux en arrière et poussa un soupir bruyant et profondément exaspéré.

Le public se mit à rire avant même qu'elle ait prononcé un seul mot.

Sa famille était abasourdie. Cette fille si dynamique ne

pouvait pas être leur calme Eliza. Même si tous les gens présents dans la salle étaient au courant du décès de Beth, Eliza n'arrêta pas de les faire rire. Elle joua son rôle presque comme l'aurait fait sa sœur, mais à deux ou trois reprises, elle eut des gestes auxquels Beth n'aurait jamais pensé. Et à chaque fois, les rires fusaient dans la salle. Jusqu'à la scène finale de la pièce où cette fois-ci, elle tira les larmes aux spectateurs.

Eliza reçut une ovation. Le sourire aux lèvres, elle salua le public et sut qu'elle méritait ses applaudissements. Ce n'était pas Beth cette fois-ci, mais Eliza toute seule... sous le regard de Beth. La vie semblait encore morne et vide et Eliza savait qu'une longue période de solitude l'attendait, mais Beth serait toujours près d'elle. Elle le comprit à cet instant.

La voix enthousiaste de Mme Paganini interrompit ses pensées.

– Il y avait un seul siège de vide dans la salle, déclara l'enseignante.

– On aura un gros chèque à envoyer à l'association de lutte contre la faim, répondit Eliza.

Elle alla ensuite se changer. Après avoir enfilé sa robe salopette rouge, elle prit la petite étoile dans la poche du tablier et la contempla. Puis elle l'épingla sur sa robe pour que tout le monde la voie briller.

LE RETOUR D'HESTER

LE RETOUR D'HESTER

Lucy Maud Montgomery

À la tombée de la nuit, ce soir-là, je montai pour mettre ma robe en mousseline. J'avais passé toute la journée à faire de la confiture de fraises – puisqu'il ne fallait pas compter sur Mary Sloane pour ça – et j'étais un peu fatiguée. Je me dis que ça ne valait pas vraiment la peine de me changer puisqu'il n'y avait personne pour me voir ou se soucier de moi, Hester étant partie. Mary Sloane ne comptait pas pour moi.

Et pourtant, je me changeai parce qu'Hester s'en serait souciée si elle avait été là. Elle aimait toujours me voir propre et coquette. Alors, malgré la fatigue et le chagrin, je mis ma robe en mousseline bleu pâle et me coiffai.

Je relevai d'abord mes cheveux d'une manière qui m'avait toujours plu, mais que j'ai rarement portée parce qu'Hester ne

65

l'appréciait pas. C'était vraiment moi, mais soudain je me sentis déloyale envers elle. J'arrangeai donc mes cheveux comme elle les aimait; dans un style sobre et un peu démodé. Mes cheveux étaient encore épais, longs et bruns, malgré le gris de plus en plus apparent; mais cela n'avait aucune importance... plus rien n'avait d'importance depuis qu'Hester était morte et que j'avais repoussé Hugh Blair pour la seconde fois.

Les habitants de Newbridge se sont tous demandé pourquoi je n'avais pas porté le deuil pour Hester. Je ne leur ai pas dit que c'était elle qui m'avait demandé de ne pas le faire. Hester n'avait jamais apprécié le deuil. Elle disait que si le cœur n'était pas en deuil, le crêpe n'arrangerait pas les choses, et que si le cœur était en deuil, il n'y avait pas besoin de signes extérieurs de malheur. La veille de sa mort, d'un ton calme, elle m'avait dit de continuer à porter mes jolies robes comme je l'avais toujours fait et de ne rien changer à ma vie extérieure à cause de son décès. « Je sais qu'il y aura une différence dans ta vie intérieure », avait-elle dit avec mélancolie.

Et en effet, il y en a eu! Pourtant, je me demandais parfois avec une certaine gêne et presque avec remords, si cette différence était *entièrement* due au départ d'Hester ou seulement en partie puisque, pour une seconde fois et à la demande de ma sœur, j'avais fermé la porte de mon cœur à l'amour.

Une fois changée, je descendis et m'assis sur les marches en grès de la porte d'entrée, sous l'arche de vigne vierge. J'étais toute seule, Mary Sloane étant partie à Avonlea.

C'était une nuit splendide. La pleine lune se levait sur les collines boisées et sa lueur traversait les peupliers et se répandait dans le jardin, devant moi. Par une trouée sur le côté ouest, j'entrevoyais le ciel d'un bleu argenté dans la clarté crépusculaire. Le jardin était magnifique à cette époque de l'année, car c'était le temps des roses et les nôtres étaient toutes en fleurs. Il y en avait une multitude de toutes les couleurs : roses, rouges, blanches et jaunes.

Hester adorait les roses et elle n'en avait jamais assez. Sa variété préférée poussait près des marches et les recouvrait de fleurs blanches au cœur rose pâle. J'en cueillis quelques-unes et les épinglai négligemment sur ma poitrine. À ce geste, toutefois, mes yeux s'emplirent de larmes; je me sentais tellement, tellement désespérée!

J'étais toute seule et amère. Même si je les aimais beaucoup, les roses ne remplacent pas la bonne compagnie. Je désirais sentir l'étreinte d'une main et la lueur de l'amour dans les yeux d'un être humain. Et je me mis à penser à Hugh, même si je tentai de ne pas le faire.

J'avais toujours vécu seule avec Hester. Je n'avais aucun souvenir de nos parents qui étaient décédés quand j'étais bébé. Hester avait quinze ans de plus que moi et elle avait toujours été une mère plutôt qu'une sœur pour moi. Elle s'était toujours occupée de moi et ne m'avait jamais rien refusé, sauf la seule chose qui comptait.

Je n'ai pas eu d'amoureux avant l'âge de vingt-cinq ans. Je ne crois pas que j'étais moins séduisante que les autres femmes. La famille Meredith avait toujours été la « grosse » famille de Newbridge. Les autres habitants nous admiraient parce que nous étions les petites-filles du vieux châtelain Meredith. Pour les jeunes hommes de Newbridge, il aurait été inutile d'essayer de courtiser une Meredith.

Je n'éprouvais pas beaucoup de fierté envers ma famille et je devrais peut-être avoir honte de l'avouer. Je trouvais que notre rang élevé s'accompagnait d'une grande solitude. Je préférais les joies simples de l'amitié et de la camaraderie que partageaient les autres filles. Hester, elle, avait de la fierté pour deux : elle ne me laissait jamais me mettre sur un pied d'égalité avec les jeunes de Newbridge. Nous devions être très aimables et gentilles et affables avec eux – noblesse oblige, comme on dit – mais nous ne devions jamais oublier que nous étions des Meredith.

Quand j'avais vingt-cinq ans, Hugh Blair est arrivé à Newbridge. Il avait acheté une ferme près du village. En tant qu'étranger, originaire de Lower Carmody, il n'avait aucune idée préconçue sur la supériorité des Meredith. À ses yeux, je n'étais qu'une jeune fille comme les autres, une jeune fille à courtiser, capable d'être conquise par n'importe quel homme à la vie décente et au cœur honnête. Je l'ai rencontré à un petit pique-nique à Avonlea, organisé par l'école du dimanche à laquelle je participais. Je l'ai trouvé très beau et viril. Il m'a beaucoup parlé puis m'a raccompagnée chez moi. Le dimanche soir suivant, il est revenu de l'église avec moi à pied.

Hester était absente, sinon cela ne serait jamais arrivé, évidemment. Elle était partie passer un mois chez des amis éloignés.

Durant ce mois-là, j'ai vécu toute une vie. Hugh Blair m'a fait la cour, comme on faisait la cour aux autres jeunes filles de Newbridge. Il m'emmenait en promenade et venait me voir dans la soirée, que nous passions en grande partie dans le jardin. Je n'aimais pas l'ambiance sinistre et guindée du vieux salon des Meredith, et Hugh n'avait jamais l'air de s'y sentir à l'aise. Ses épaules larges et son rire franc détonnaient avec notre mobilier défraîchi de vieilles filles.

Mary Sloane était très contente des visites de Hugh. Elle avait toujours regretté que je n'aie pas de soupirant, comme si c'était une forme de dénigrement et d'offense à mon endroit. Elle faisait tout son possible pour inciter Hugh à venir me voir.

Toutefois, quand Hester est revenue et qu'elle a appris la présence de Hugh, elle était très fâchée... et même peinée, ce qui m'a blessée bien davantage. Elle m'a dit que je m'étais laissée aller et que les visites de Hugh devaient cesser.

Pour la première fois de ma vie, j'eus peur d'Hester. Elle m'effraya. Je cédai à sa demande. C'était sans doute un geste très faible de ma part, mais j'avais toujours été faible. C'est pour cette raison, je crois, que la force de Hugh m'avait attirée. J'avais besoin d'amour et de protection. Hester, qui était forte et indépendante, n'avait jamais ressenti un tel besoin. Elle ne me comprenait pas et me méprisait!

J'annonçai timidement à Hugh qu'Hester n'approuvait pas notre amitié et que nous devions y mettre fin. Il le prit avec un certain calme et s'en alla. Je me dis qu'il ne tenait pas beaucoup à moi et, tout à fait égoïstement, cette pensée me fit souffrir encore davantage. Pendant longtemps, je fus très malheureuse, mais j'essayai de ne pas le montrer à Hester et je ne crois pas qu'elle s'en soit aperçue. Elle n'était pas très perspicace pour certaines choses.

Au bout d'un certain temps, je m'en suis remise, c'est-à-dire que mon chagrin n'était plus aussi présent. Malgré tout, les choses ne furent jamais plus tout à fait les mêmes. La vie me paraissait toujours morne et vide, malgré Hester, mes roses et mon école du dimanche.

Je pensais que Hugh Blair trouverait une épouse ailleurs, ce qui n'arriva pas. Les années passèrent et nous ne nous rencontrâmes jamais, même si je le voyais souvent à l'église. Dans ces moments-là, Hester me surveillait étroitement, ce qu'elle n'avait pas besoin de faire. Hugh n'essaya jamais de me rencontrer ou de me parler, et s'il l'avait fait, je ne me le serais pas permis. Mon cœur, lui, ne cessa de languir d'amour pour lui. Égoïstement, j'étais contente qu'il ne soit pas marié, car s'il l'avait été, je n'aurais plus eu le droit de penser et de rêver à lui puisque cela aurait été mal. Étant donné les circonstances, c'était peut-être stupide, mais il me semblait que j'avais besoin de quelque chose, ne serait-ce que de rêves fous, pour remplir ma vie.

Au début, je ne ressentis que de la souffrance en pensant à lui, mais par la suite, un petit plaisir vague et léger me gagna, semblable à un mirage sur une terre de délices perdus.

Dix années s'écoulèrent ainsi. Puis Hester mourut. Sa maladie fut soudaine et brève. Avant de mourir, toutefois, elle me fit promettre de ne jamais épouser Hugh Blair.

Elle n'avait pas prononcé son nom depuis des années. Je croyais qu'elle l'avait complètement oublié.

– Oh, sœur chérie, cette promesse est-elle nécessaire? demandai-je en sanglotant. Hugh Blair ne veut pas m'épouser. Il ne voudra jamais plus le faire.

– Il ne s'est jamais marié... et il ne t'a pas oubliée, répondit-elle d'un ton féroce. Je serais incapable de reposer en paix dans ma tombe si je savais que tu déshonores ta famille en faisant une mésalliance. Promets-moi, Margaret, de ne pas le faire.

Je le lui promis. Je lui aurais promis n'importe quoi pour rendre son départ moins pénible. Et d'ailleurs, quelle importance cela avait-il? J'étais certaine que Hugh ne repenserait jamais plus à moi.

En m'entendant, elle sourit et me pressa la main.

– Ma petite sœur... c'est parfait. Tu as toujours été une bonne personne, Margaret... gentille et obéissante, quoiqu'un peu romantique et stupide à certains égards. Tu es comme notre mère : elle a toujours été faible et affectueuse. Moi, je tiens des Meredith.

Et c'était vrai. Même dans son cercueil, ses jolis traits

sombres avaient conservé leur expression de fierté et de détermination. Pour une raison ou pour une autre, cette dernière expression sur son visage mort est restée gravée dans ma mémoire, effaçant l'affection et la gentillesse réelles que son visage de son vivant m'avait presque toujours montrées. Cela me peinait beaucoup, mais je n'y pouvais rien. Je voulais me souvenir d'elle comme d'une personne gentille et affectueuse, mais je ne me souvenais que de l'orgueil et de la froideur avec lesquels elle avait piétiné mon bonheur naissant. Et pourtant, je ne ressentais aucune colère ni rancœur à son égard pour ce qu'elle avait fait. Je savais qu'elle avait agi ainsi en pensant que c'était pour mon bien. Malheureusement, elle avait tort.

Un mois après son décès, Hugh Blair vint me voir et me demanda de l'épouser. Il me dit qu'il m'aimait depuis toujours et qu'il ne pouvait aimer aucune autre femme.

Tout l'amour que j'éprouvais pour lui se réveilla. Je voulais dire oui et sentir ses bras forts m'enlacer et la chaleur de son amour m'envelopper et me protéger. Dans ma faiblesse, je désirais ardemment sa force.

Mais j'avais fait une promesse à Hester, sur son lit de mort. Je ne pouvais pas la briser et je le dis à Hugh. Ce fut la chose la plus difficile à faire de toute ma vie.

Cette fois-ci, il ne s'en alla pas calmement. Il me supplia, essaya de me faire entendre raison et me fit des reproches. Chacune de ses paroles me blessa comme un couteau en plein cœur. Cependant, je ne pouvais pas briser la promesse que j'avais faite à une défunte. Si Hester avait été vivante, j'aurais bravé son courroux, j'aurais accepté de m'éloigner d'elle et je serais partie avec lui. Mais elle était morte et je n'étais pas en mesure de le faire.

Finalement, il repartit, peiné et en colère. C'était il y a trois semaines... et voilà que j'étais assise seule, dans la roseraie au clair de lune, à le pleurer. Au bout d'un moment, toutefois, mes larmes s'asséchèrent et un sentiment très étrange m'envahit. Je me sentis calme et heureuse, comme si une tendresse et un amour merveilleux se trouvaient très proches de moi.

Et voici la partie étrange de mon histoire, celle qu'on ne croira sans doute pas. Si ce n'était un détail, j'y croirais difficilement moi-même. Je serais tentée de dire que je l'ai rêvée. Mais en raison de ce détail en particulier, je sais que c'était la réalité. La nuit était très calme. Il n'y avait pas le moindre souffle de vent. Le clair de lune était le plus lumineux que j'aie jamais vu. Au milieu du jardin, là où les peupliers ne jetaient pas d'ombre, il faisait presque aussi clair qu'en plein jour. On aurait pu lire une écriture fine. Une petite lueur rosée subsistait à l'ouest et au-dessus des branches élancées des grands peupliers brillaient une ou deux grosses étoiles scintillantes. L'air portait la mélodie d'un souffle de rêverie et l'univers était si merveilleux que je retins mon souffle devant tant de beauté.

Puis, tout d'un coup, à l'autre bout du jardin, je vis une femme marcher. Je crus d'abord que c'était Mary Sloane, mais quand la femme traversa un rai de lune, je vis que ce n'était pas la silhouette corpulente et peu élégante de notre vieille servante. Cette femme était grande et se tenait droite.

Bien que je ne me sois aucunement doutée de la vérité, quelque chose en elle me rappelait Hester. Elle aimait se promener dans le jardin au crépuscule. Je l'avais vue le faire des milliers de fois.

Je me demandai qui pouvait être cette femme. Une voisine, bien sûr. Mais quelle façon étrange de venir me voir! Elle traversait le jardin lentement en marchant dans l'ombre des peupliers. De temps à autre, elle se penchait, comme pour caresser une fleur, mais n'en cueillait aucune. À mi-chemin, elle sortit dans le clair de lune et traversa le gazon, au milieu du jardin. Mon cœur s'emballa et je me levai. Elle se trouvait désormais très proche de moi... et je vis que c'était Hester.

Je peux difficilement dire quels étaient mes sentiments à ce moment-là. Je sais que je n'étais pas surprise. J'étais effrayée et rassurée à la fois. Quelque chose en moi ressentait une terreur horrible, mais moi, mon vrai moi, n'avait pas peur. Je sus que c'était ma sœur et que je n'avais aucune raison d'avoir peur d'elle puisqu'elle m'aimait encore, comme elle l'avait toujours fait. En dehors de cela, je n'eus conscience d'aucune pensée cohérente; je ne me posai aucune question ni n'essayai de raisonner.

Hester s'arrêta à quelques pas de moi. Dans le clair de lune, je vis son visage assez nettement. Il avait une expression que je ne lui avais encore jamais vue : un air humble, mélancolique et tendre. Dans la vie, Hester m'avait souvent regardée affectueusement, tendrement même, mais toujours pour ainsi dire à travers un masque de fierté et de sévérité. Celui-ci avait disparu et je me sentis plus proche d'elle que je ne l'avais jamais été. Je sus tout à coup qu'elle me comprenait. Puis la crainte et la terreur que je ressentais disparurent et j'eus conscience alors qu'Hester était là et qu'il n'y avait plus d'incompréhension entre nous.

Hester me fit signe de la suivre et me dit :

– Viens.

Je me levai et la suivis à l'extérieur du jardin. Nous marchâmes côte à côte jusqu'à la limite de notre domaine, sous les saules, puis sur la route qui s'étendait longue et immobile dans ce clair de lune éclatant et paisible. Je me sentais comme dans un rêve, avançant sur l'ordre d'une volonté autre que la mienne, et que je ne pouvais pas contester même si je l'avais voulu. De toute façon, je ne le voulais pas; je ressentais uniquement un contentement étrange et infini.

Nous descendîmes la route bordée par les jeunes sapins en pleine croissance. En passant devant eux, je sentis leur baume et remarquai combien leurs cimes pointues se détachaient sur le ciel, nettes et sombres. J'entendis le bruit de mes pas sur les brindilles et les plantes, et l'effleurement de ma robe dans l'herbe, mais Hester se déplaçait sans faire de bruit.

Nous prîmes ensuite l'Avenue, ce tronçon de route toute droite, sous les pommiers, qu'Anne Shirley, d'Avonlea, surnomme « Le chemin blanc des délices ». Il faisait presque nuit à cet endroit et pourtant, je pouvais distinguer le visage d'Hester aussi bien que si la lune l'éclairait. Et chaque fois que je la regardais, elle me regardait aussi, avec, sur les lèvres, cet étrange et doux sourire.

Alors que nous quittions l'Avenue, James Trent nous dépassa sur son cheval. Il me semble que nos sentiments sont rarement ce que nous nous attendons à ce qu'ils soient. Je fus vraiment contrariée que James Trent, le roi du commérage à Newbridge, m'ait vue en train de marcher avec Hester. En un éclair, je souffris d'avance du tracas qui s'ensuivrait alors qu'il allait répandre la nouvelle aux quatre vents.

Or, James Trent me salua à peine de la tête et me lança :

– Bonsoir, Mlle Margaret. Vous vous promenez seule au clair de lune? Une bien belle nuit, n'est-ce pas?

Puis soudain, comme s'il était effarouché, son cheval fit un écart et partit au galop. En un instant, ils disparurent dans un virage de la route. Je me sentis soulagée, quoique perplexe. James Trent n'avait pas vu Hester.

En bas de la colline se trouvait la demeure de Hugh Blair. Lorsque nous y arrivâmes, Hester tourna à la grille. Alors, pour la première fois, je compris pourquoi elle était revenue et un éclair de joie aveuglant s'empara de mon âme. Je m'arrêtai pour la regarder. Ses yeux profonds fixèrent les miens, mais elle ne dit pas un mot.

Nous continuâmes notre chemin. La maison de Hugh se trouvait devant nous, dans le clair de lune, couverte d'un enchevêtrement de vignes vierges. Son jardin était situé sur notre droite, un petit coin charmant où poussaient des fleurs persistantes dans une sorte de douceur désordonnée. Je marchai sur un parterre de menthe dont le parfum monta jusqu'à moi, comme l'encens d'une cérémonie étrange, sacrée et solennelle. Le bonheur et la chance que je ressentis alors étaient inexprimables.

Une fois arrivées à la porte, Hester me dit :

– Frappe, Margaret.

Je cognai doucement. Hugh ne tarda pas à ouvrir la porte. Puis il se produisit ce qui me fit comprendre, les jours suivants, que cette expérience étrange n'était ni un rêve ni une pure invention de ma part. Hugh ne me regarda pas, mais il regarda en arrière de moi.

– Hester! s'exclama-t-il, la voix teintée de crainte et d'horreur.

Il s'appuya contre le montant de la porte. L'homme grand et fort tremblait de la tête aux pieds.

– J'ai appris, dit Hester, que rien ne compte plus dans l'univers de Dieu que l'amour. Là où je suis allée, il n'existe ni fierté ni faux idéaux.

Hugh et moi, nous nous sommes regardés dans les yeux, étonnés, puis nous avons su que nous n'étions pas seuls.

À PROPOS DES COLLABORATEURS

JOYCE BARKHOUSE est une ancienne enseignante qui a résidé à Charlottetown, Montréal et Halifax, et vit maintenant à Bridgewater, en Nouvelle-Écosse. Bien qu'elle ait écrit des histoires pendant de nombreuses années, ce n'est qu'à l'âge de soixante et un ans que son premier livre, *George Dawson : The Little Giant*, a été publié. Depuis lors, elle a publié plusieurs autres livres, dont *The Witch of Port LaJoye, Anna's Pet* (en collaboration avec Margaret Atwood) et *Pit Pony*, dont Radio-Canada a fait un film intitulé *Le petit poney*. Joyce a été décorée de l'Ordre de la Nouvelle-Écosse.

HAZEL BOSWELL (1882-1979) est née à Québec. Dès son jeune âge, elle s'est intéressée au folklore et aux légendes du Canada français. Son amour pour la culture et les traditions du Québec, et la compréhension qu'elle en a, se reflètent dans la plupart de ses écrits, dont *Town House, Country House : Recollections of a Quebec Childhood*. Le récit *The White Owl* (Le Hibou Blanc) a d'abord paru dans *Legends of Quebec : From the Land of the Golden Dog* (McClelland & Stewart, Toronto, 1966).

JEAN LITTLE est née à Taïwan et a grandi en Ontario. Elle a étudié à l'Université de Toronto. Quasiment aveugle de naissance, elle a quand même beaucoup voyagé et a visité plus d'une vingtaine de pays. Elle a écrit plus de quarante ouvrages, dont des autobiographies, *Little by Little* et *Stars Come Out Within*; des albums illustrés, *Pippin the Christmas Pig (Le Noël de Pétunia)*, *The Sweetest One of All (Mon petit trésor)* et *Listen Said the Donkey (Écoutez, dit l'âne)*; des romans, *Mama's Going to Buy You a Mockingbird*, *Willow and Twig* et *Dancing Through* the Snow *(Elle danse dans la tourmente)*; et trois récits de la collection *Dear Canada (Cher Journal), Orphan At My Door (Ma sœur orpheline)*, désigné Livre de l'année par la Canadian Library Association, *Brothers Far From Home (Mes frères au front)*, figurant sur la liste d'honneur de la Canadian Library Association et *If I Die Before I Wake (Si je meurs avant le jour)*. Claire MacKay et elle – toutes deux ferventes fans de baseball – ont écrit un livre intitulé *Bats About Baseball*. Les livres de Jean ont été publiés dans le monde entier et ont remporté de nombreux prix sur la scène nationale et internationale. Le récit *Without Beth (Sans Beth)* a été écrit pour cette anthologie.

JANET LUNN est l'auteure de plus d'une douzaine d'ouvrages, romans et albums illustrés, et du livre de référence sur l'histoire canadienne destiné aux élèves du primaire et intitulé *The Story of Canada*, qu'elle a écrit en collaboration avec Christopher Moore. Elle a remporté le Livre pour enfants de l'année de la Canadian Library Association pour *The Root Cellar*, le Prix du Conseil des Arts du Canada pour *Shadow in Hawthorn Bay* et en 1998, le Prix du Gouverneur général, catégorie littérature jeunesse pour *The Hollow Tree*. Son titre de la collection *Dear Canada, A Rebel Daughter*, a reçu le Prix du livre d'Ottawa. Janet est membre de l'Ordre de l'Ontario et de l'Ordre du Canada. Elle a également reçu le prix Vicky Metcalf, en tant qu'auteure, pour l'ensemble de son œuvre. En 2006, elle a reçu le prix Matt Cohen, décerné à une personne dont la vie a été consacrée principalement à l'écriture. Le jury de ce prix l'a qualifiée d'« écrivaine remarquable et de recherchiste méticuleuse » et a fait l'éloge de son « rôle prépondérant dans l'épanouissement de la littérature et des arts au Canada, en particulier de la littérature jeunesse canadienne ».

LUCY MAUD MONTGOMERY a été élevée à Cavendish, sur l'île du Prince-Édouard, et a fait ses études au Prince of Wales College et à l'Université Dalhousie. Elle vivait de sa plume à la fin des années 1890. Dès sa publication en 1908, son premier roman, *Anne... la maison aux pignons verts*, est devenu un best-seller et de nos jours *Anne of Green Gables* est connu de tous. En 1911, elle a épousé le révérend Ewan Macdonald et a déménagé à Uxbridge, une petite ville de l'Ontario. *The Return of Hester (Le retour d'Hester)* a d'abord été publié dans *Further Chronicles of Avonlea (Chroniques d'Avonlea II)*, Doran, Toronto, 1920. Le texte est reproduit ici avec la permission de Ruth MacDonald et David MacDonald, qui sont les héritiers de Lucy Maud Montgomery.

KIT PEARSON est née à Edmonton et a grandi en Alberta et en Colombie-Britannique. Après avoir obtenu son diplôme de l'Université de l'Alberta, elle a voyagé puis a été libraire en Ontario et en Colombie-Britannique. Elle a publié son premier livre, *The Daring Game*, en 1986. Kit a ensuite publié douze autres livres, dont le récit de la collection *Dear Canada (Cher Journal)*, *Whispers of War (Un vent de guerre)*. Le roman *Awake and Dreaming* a remporté un Prix littéraire du Gouverneur général, et la trilogie *The Sky is Falling*, *The Guests of War* et *The lights Go On Again*, continue de se classer partout en tête des best-sellers. Son dernier roman, *A Perfect Gentle Knight*, a été publié en 2007. Le récit *Miss Kirkpatrick's Secret (Le secret de Mlle Kirkpatrick)* a été écrit pour cette anthologie.

SHARON SIAMON est née en Saskatchewan. Elle a suivi ses études à l'Université de Toronto et à la Nipissing University à North Bay. Elle a travaillé comme réviseure et auteure pour des éditeurs de livres pédagogiques. C'est l'une des écrivaines canadiennes les plus prolifiques, qui a publié des dizaines de livres dans le monde. Les dix années qu'elle a passées avec sa famille dans un chalet, dans le nord de l'Ontario, l'ont inspirée pour écrire des livres tels que *Log House Mouse, Fishing for Trouble* et *A Horse for Josie Moon*. Sa connaissance des chevaux et l'amour qu'elle leur porte sont à l'origine de ses œuvres sans doute les plus connues que sont la série *Mustang Mountain* se déroulant dans les montagnes Rocheuses et la série *Saddle Island* se déroulant au bord de la mer en Nouvelle-Écosse. Le récit *Stairs (L'escalier)* a été écrit pour cette anthologie.

LIEUX HANTÉS

HISTOIRES VÉRIDIQUES D'ICI

Un recueil de troublantes histoires de fantômes,
provenant de partout au Canada. Qu'il s'agisse
de l'esprit frappeur qui terrorise des chasseurs
dans un chalet isolé ou encore de la « présence »
qui s'obstine à décrocher un tableau dans
une maison d'époque, préparez-vous
à vivre des émotions fortes!

**Lauréat du Diamond Willow Award
(version anglaise)**

LIEUX HANTÉS 2

HISTOIRES VÉRIDIQUES D'ICI

Un recueil d'histoires terrifiantes de partout
au Canada, qui vous donneront la chair de poule.
Des feux qui s'allument mystérieusement dans
un salon, une main moite et invisible qui
enserre le poignet d'un jeune garçon,
ces histoires vous donneront toutes
froid dans le dos!

LIEUX HANTÉS 3

HISTOIRES VÉRIDIQUES D'ICI

Quelque part au Canada, une étrange lueur
apparaît au-dessus de l'eau et des cris retentissent
dans un édifice désert. Ailleurs, une femme
décapitée erre dans les rues, une force invisible
déplace des objets et les yeux d'une statue
s'ouvrent soudainement. Préparez-vous
à avoir des frissons!